O ÚLTIMO DOS COPISTAS

MARCÍLIO FRANÇA CASTRO

O último dos copistas

Companhia das Letras

Copyright © 2024 by Marcílio França Castro

*Grafia atualizada segundo o Acordo Ortográfico da Língua Portuguesa de 1990,
que entrou em vigor no Brasil em 2009.*

Capa
Mateus Valadares

Preparação
Márcia Copola

Revisão
Huendel Viana
Camila Saraiva

*Os personagens e as situações desta obra são reais apenas no universo da ficção;
não se referem a pessoas e fatos concretos, e não emitem opinião sobre eles.*

Dados Internacionais de Catalogação na Publicação (CIP)
(Câmara Brasileira do Livro, SP, Brasil)

Castro, Marcílio França
    O último dos copistas / Marcílio França Castro. — 1ª ed. —
São Paulo : Companhia das Letras, 2024.

    ISBN 978-85-359-3678-0

    1. Ficção brasileira I. Título.

23-179112   CDD-B869.3

Índice para catálogo sistemático:
1. Ficção : Literatura brasileira   B869.3

Cibele Maria Dias – Bibliotecária – CRB-8/9427

Todos os direitos desta edição reservados à
EDITORA SCHWARCZ S.A.
Rua Bandeira Paulista, 702, cj. 32
04532-002 — São Paulo — SP
Telefone: (11) 3707-3500
www.companhiadasletras.com.br
www.blogdacompanhia.com.br
facebook.com/companhiadasletras
instagram.com/companhiadasletras
twitter.com/cialetras

Sumário

O último dos copistas, 7

Parte I, 35
Parte II, 95
Parte III, 167
A carta que chegou depois, 189

Créditos das imagens, 201

O último dos copistas

I

Você que começa agora a seguir estas linhas, que está esticado em um sofá ou sentado à sua mesa de trabalho, ou quem sabe dentro de um ônibus, no banco da janela, com o braço encolhido para não incomodar o passageiro ao lado, você que é leitor assíduo desta revista, ou nem tanto, mas reconhece de longe seu formato extravagante e não dispensa manuseá-la em papel, ou, ao contrário, prefere a tela do celular ou a de um computador, mesmo sabendo que os artigos aqui costumam ser extensos e podem cansar a vista, você, que às vezes fica indeciso sobre a natureza do que está lendo, e se pergunta: afinal, isso é verdade ou invenção, ou apenas uma reportagem esquisita, carregada de ambiguidade, e é essa dúvida que o instiga ainda mais a continuar a leitura; você que vai aos poucos sendo arrastado por estas palavras, e já não se incomoda com o ruído a sua volta, você, mesmo sendo um leitor excêntrico ou disperso, mesmo tendo que parar para limpar o café que acabou de derramar sobre a folha ou expulsar o mosquito que insiste em pousar no meio da página, provavelmente não vai pensar em interromper o percurso, o vaivém folgado dos olhos, para ir a uma gaveta, tirar lá do fundo aquela lupa arranhada e, por distração ou cisma, passar a examinar cuidadosamente, em tamanho ampliado, o desenho que têm as letras aqui impressas, se são duras ou suaves, se fazem curva ou são retas, se permitem respirar, se o miolo é aberto, se o remate é pontudo. Você pode, no máximo, talvez, sentir de modo inconsciente a leveza do tipo, o conforto óptico que ele produz, mas não vai reparar, por exemplo, na cabeça abaulada deste "t" ou na espora arredondada ao pé deste "a". Você continua a ler, consegue até detectar certas minúcias, mas dificilmente saberá que estes caracteres, o modo ventilado com que sulcam o papel, carregam uma herança corporal, longínqua — o traço, a bico de pena e em grego, de um copista que viveu em Paris no século XVI. Esse copista tardio chamava-se Ângelo Vergécio, provinha de Creta e, por seu talento, tornou-se escrivão oficial, em língua grega, de Francisco I, o rei francês. Foi a elegância de sua caligrafia — aerada, limpa, veloz — que, há quase quinhentos anos, por uma espécie de contaminação, ou afeto tipográfico talvez, acabou impregnando a fonte romana que deu origem a esta Garamond.

2

Os manuscritos produzidos por Ângelo Vergécio — Ange Vergèce, para os franceses, Angelos Bergikios, para os gregos — e a cultura que gravita em torno deles são o objeto da exposição que acontece até o fim da primavera europeia na Galeria 1 da unidade François Mitterrand da Biblioteca Nacional da França, em Paris.

Le Dernier des Copistes [O Último dos Copistas], como a mostra é chamada, reúne cerca de trinta manuscritos da lavra de Vergécio, copiados entre 1535, quando ele vivia em Veneza, e 1568, ano anterior ao de sua morte, em Paris. Há também cartas, livros impressos, alguns mapas e objetos, além de três ou quatro manuscritos de copistas que trabalharam com ele. A maioria dos exemplares pertence ao acervo de manuscritos antigos da Biblioteca Nacional, guardados ordinariamente em sua sede velha, a da rua Richelieu (a poucas quadras do Louvre), mas há também os que vieram por cortesia de outras instituições, como as bibliotecas Bodleiana, em Oxford, do Escorial, na Espanha, e a Biblioteca Estatal de Berlim. De fora da Europa, conseguiram trazer uma peça importante de Harvard. Pouco mais de cem manuscritos copiados por Vergécio sobreviveram até nós, a maioria em papel — vários danificados, outros sem autógrafo, alguns ricamente encadernados. Não é improvável, porém, que, escarafunchando por aí coleções ou estantes empoeiradas, ainda se possa descobrir mais algum.

Do ponto de vista conceitual, a mostra poderia ser entendida como uma continuação de dois outros eventos recentes: o conjunto de homenagens ao tipógrafo Claude Garamond promovidas pelo governo francês em 2011, em razão dos quatrocentos e cinquenta anos de sua morte, e a dupla exposição, organizada em 2014 e 2015 pela própria Biblioteca Nacional, em honra a Francisco I — uma, à figura do rei, a outra, a seus livros. Segundo a curadora, o arranjo não foi calculado, e a escolha de Vergécio, um migrante plebeu na corte francesa, a princípio sem vínculo identitário com o país, não teria nada a ver, ao contrário das anteriores, com o intuito de celebrar personalidades nacionais. Entretanto, quando vejo essa conjunção de personagens tão próximos — Francisco I, Garamond e Vergécio —, os três fincados na mesma cena renascentista e convivendo em torno dos livros, não posso deixar de pensar numa espécie de trilogia, e no seu propósito subjacente, ainda que involuntário, de interrogar a passagem do mundo manuscrito para o impresso. Mais que isso, me pergunto se não haveria aí o sintoma de uma força mais abrangente, a atração silenciosa que devemos ter por esse século que parece acenar para o nosso, como se sua curiosidade e mobilidade, e seu apetite enciclopédico, fossem uma lembrança de algo que se vive agora, como se, na rede de símbolos e palavras que fazia girar o imaginário daquela época, conectando, por exemplo, um pássaro a uma pedra, a pedra a um espírito, o espírito a uma estrela, se pudesse de repente atar um fio da nossa própria rede, sem dúvida mais promíscua e difusa mas que também navega, já talvez à deriva, entre pedras e estrelas, entre cristais e bichos, humanos e máquinas. Afinal, não é fato que, sedados pela tecnologia e suas armadilhas, já não discernimos mais, em uma confusão maior que a dos antigos, entre documento e fábula, entre ciência, religião e magia, astros e signos, animais e quimeras? Não seriam os fantasmas do século XVI — copistas atrapalhados com uma pena nas mãos — parentes próximos desses que agora rondam a nós, leitores assustados com o fim da página e do papel?

Se não estivesse em reforma, o prédio da rua Richelieu, com seu ar amadeirado e os afrescos italianos, seria talvez o lugar mais indicado para a exposição — a maioria das peças nem precisaria ser deslocada. A opção pela Biblioteca François Mitterrand, entretanto, situada do outro lado da cidade, e que de cara confronta o visitante com um cenário futurista, parece ter acrescentado ao programa, meio por acidente, um prólogo inesperado e destoante.

Mesmo em Paris há dois meses, eu ainda não tinha estado lá. Saindo da praça da Itália, você pode descer a pé até quase o Sena; duas ou três quadras à direita, logo surge a esplanada. Um pátio vasto, retangular, com um prédio em cada ponta, o jardim rebaixado no meio. O vento sopra de todos os lados; há algo de sinistro naquela vaguidão. O único indício de livros parece ser a própria geometria dos prédios, dobrados em L, como um códice aberto. Tabuinhas de madeira cobrem o chão inteiro. A leste e a oeste, há uns painéis de vidro atravessados, escuros; você imagina que, se tateá-los, se tocar no bloco certo, vai descobrir uma parede falsa que te dará passagem para o interior.

3

Vergécio foi uma dessas figuras que dedicam a vida a algo que já desapareceu, ou está em vias de desaparecer, e assim testemunham o fim do próprio ofício. Tornou-se copista respeitado no exato momento em que as prensas avançavam pela Europa e iam varrendo os manuscritos do continente. Nasceu em uma família de calígrafos, em 1505; como vários de seus contemporâneos, migrou de Creta para a Itália, fugindo à ameaça dos otomanos. Isso foi por volta de 1530. Durante dez anos viveu em Veneza, onde praticava o comércio de manuscritos e fazia cópias por encomenda — para colecionadores e eruditos. André Thevet, cosmógrafo de Francisco I, que navegava pelo mundo e chegou a visitar o Brasil, registra que Vergécio, em 1535, vende a Georges de Selve um tratado de João Zonaras, historiador do século XII. É uma cópia antiga, com mais de cem anos talvez, marcada por uma caligrafia reta e monótona — sem desperdiçar nenhuma linha do papel. De Selve era chanceler francês em Veneza; foi provavelmente a seu convite que Vergécio, por volta de 1540, transferiu-se para Paris, respondendo ao desejo de Francisco I de transformar a cidade em um importante centro de estudos helênicos.

Para vários comentaristas, Vergécio foi "o mais célebre copista do século". Devido a sua familiaridade com os livros, tornou-se uma espécie de curador de obras gregas da recém-instalada biblioteca de Fontainebleau, a preferida de Francisco I. O castelo, situado numa região de bosques e águas abundantes, como já registrava em diário de 1546 o viajante Nicandre de Corcyre, foi construído e reconstruído ao longo dos séculos, e hoje pode ser visitado de trem, a uma hora de Paris, saindo da Gare du Nord. Entre as dezenas de cômodos e objetos, você verá o quarto das imperatrizes (com uma cama que Maria Antonieta não teve tempo de usar) e o chapéu de Napoleão, mas não descobrirá nada da biblioteca — que parece não ter deixado rastros. É provável que ficasse em algum local acima da refinada galeria erguida por Francisco I com o nome dele, mas ninguém tem certeza disso. As únicas estantes instaladas no castelo são do começo do século XIX, da época de Napoleão III, em outra galeria comprida, com vista para o jardim e pinturas dedicadas à deusa Diana.

Junto com dois conterrâneos, Diassorinos e Paleokappa, Vergécio cuidou de ampliar o acervo grego de Fontainebleau e organizar o catálogo da biblioteca, que recebeu em 1547 todos os livros vindos de Blois, outro palácio real. Aos poucos, sob o comando de Vergécio, foram reunidos ali, perto dos aposentos do rei, "livros gregos difíceis de encontrar em quase toda a Terra", relata Corcyre. Depois da morte de Francisco I (em 1547), Vergécio continuou a trabalhar para a realeza e preparou vários volumes de luxo para Henrique II e Catarina de Médici, mãe e regente de Carlos IX. Seu círculo familiar era restrito: um sobrinho, também calígrafo; um filho, que redigia epitáfios e andava com os poetas Pierre de Ronsard e Jean-Antoine de Baïf, e talvez uma filha, a suposta ilustradora dos livros do pai. Vergécio era uma figura menor, sem autoridade nem poder, mas querido e reconhecido na corte — "grego de mão gentil", diria Baïf em um poema dedicado ao copista, que fora seu professor.

4

O repertório de títulos copiados por Vergécio é razoavelmente variado. Abrange filosofia, história, religião, mas também temas ligados à engenharia de guerra, à mecânica, à astrologia. Alguns autores são mais frequentes, como Políbio, o historiador, Eneas e Eliano, tratadistas de assuntos militares, e Herão de Alexandria, matemático. Dentre os livros que copiou em série ao longo da vida, o mais famoso talvez seja *Das características dos animais* (*De Animalium Proprietate*), do bizantino Manuel Philes, uma espécie de bestiário ou tratado em versos sobre o mundo natural, com cerca de duas mil linhas, composto originalmente entre os séculos XIII e XIV.

Vergécio fez onze versões desse manuscrito; sobraram nove delas, espalhadas em algumas bibliotecas pelo mundo. A maioria dos exemplares vem ornada com vinhetas e iluminuras muito finas, executadas com delicadeza. Segundo certa tradição, teriam sido obra da filha do copista, da qual nada se sabe — é um assunto que permanece em aberto. A curadora fez o esforço de reunir seis dessas peças para montar um conjunto que pudesse funcionar, simbólica e fisicamente, como eixo da mostra. Datando a mais antiga de 1554, e a última, de 1568, seria essa uma síntese da atividade do copista — atuante por cerca de três décadas.

Os exemplares do bestiário ocupam o espaço central da galeria — em torno do qual se organizam em círculo outros cinco espaços contíguos, que o visitante pode percorrer dentro de uma ordem mais ou menos cronológica. Assim, primeiro é apresentada uma contextualização histórica, com mapas e informações sobre a Europa seiscentista. Em seguida, vem a temporada italiana de Vergécio. Aí está, com data de março de 1535, o seu mais antigo manuscrito, de Veneza, visualmente pobre — um compêndio de comentários de Olimpiodoro e Damáscio sobre textos de Platão. O ambiente seguinte explora as atividades em torno de Francisco I, e logo se passa ao período de Henrique II e Carlos V. O quinto e último espaço, que fecha o roteiro circular, é dedicado ao método de trabalho do copista, com alguma informação sobre como produzir um manuscrito e suas iluminuras. Quase todas as peças podem ser consultadas na versão digitalizada, disponível em torres montadas no local pelos expositores.

O visitante que segue o roteiro tem a opção de, a qualquer momento, passar ao espaço central, retomar o percurso circundante. A série dos bestiários acaba funcionando como um ímã — as iluminuras chamam muito a atenção. No manuscrito que veio de Harvard, por exemplo, um dos mais bem conservados, de 1565, a página aberta mostra um pelicano bicando o próprio peito para alimentar seus dois filhotes — um emblema cristão. As cores são vívidas, o vermelho do sangue que goteja da ave é o mesmo das rubricas e legendas de Vergécio. O livro é dividido em três seções, cada uma supostamente dedicada a uma categoria de animais — aéreos, telúricos e aquáticos —, mas sem nenhuma precisão. Antes de Vergécio fazer sua primeira cópia, já havia uma edição impressa desse livro, de 1533, preparada em Veneza por um bispo de nome Arsênio, mas nem esta nem o original dos séculos XIII-XIV continham ilustrações. No exemplar da Biblioteca de Sainte-Geneviève, de 1566, o desenho à vista é o de um homem com cabeça de cão (um cinocéfalo), e insetos estranhamente desproporcionais. Já no manuscrito mais antigo da série, em papel castigado, não há seções, e o número de iluminuras é menor. A página à mostra, com os desenhos na margem, exibe serpentes e aracnídeos — sua morfologia parece uma extensão da letra do copista.

Desenhos feitos à mão, que são cópias de gravuras já impressas, que são cópias de desenhos à mão, que podem ser um retrato da natureza viva ou apenas a memória de um sonho. Se hoje eu topasse com um livro desses na estante de uma livraria, diria que é uma obra híbrida — de gênero indeterminado. Um misto de catálogo e ficção. Um bestiário medieval, mas também o esboço de um tratado científico. Faz descrições fantásticas, ativa elementos religiosos; tem também alguma pretensão de poesia. Não há rigor classificatório, mas há uma proposta estética. Assim, se os desenhos nem sempre correspondem aos textos, essa discrepância me parece muito literária. Se quimeras e grifos se misturam com abelhas e ursos, acomodados com perícia e naturalidade, vejo aí uma habilidade combinatória. No manuscrito de Harvard, o espaço para uma miniatura — de um pássaro oriental, o cinamomo — foi deixado propositalmente em branco, e a nota lateral atribui a omissão à ignorância geral sobre a ave. Tanto a omissão quanto o comentário soam como artifícios narrativos.

Um códice de cor dourada me atrai. A capa é brilhosa, encerada — uma cabeça de leão em cada um dos cantos. Trata-se do manuscrito Grec 2737, da Biblioteca Nacional da França. A lombada se alonga nas pontas, como se tivesse orelhas — é o que chamam de coifa, detalhe próprio do estilo grego. Os arabescos me lembram algo das *Mil e uma noites*, mas o compêndio é de guerra e caça, além de trazer o poema de Philes. É certo que o bestiário, assim como outros manuscritos de luxo, servia menos à pesquisa e à leitura do que a um capricho aristocrático — um fetiche, um modo de presentear. Talvez o bestiário de Philes estivesse em moda na corte, e não saberemos por quê. De qualquer maneira, sempre imagino que a posse de um manuscrito como esse, valioso como objeto ou fonte de conhecimento, devia proporcionar, diante do livro impresso, com sua mecânica vulgar, a sensação de um poderio perdido, tal como temos hoje ao ver um *Houaiss* em cima da mesa. Me parece que a literatura e, em particular, o romance não se desgarraram desse fascínio; continuam a incorporar e a encenar a mesma cisão — toda vez que evocam um manuscrito perdido.

Ao longo da exposição, você para, observa o livro aberto, completa a curiosidade folheando a versão digital. O contraste entre os velhos códices e as fontes digitais acaba funcionando como uma provocação entre duas tecnologias. Retirar o livro de seu lugar, da segurança da estante, é enfim expô-lo à inquirição dos dias, de certo modo molestá-lo, com o fim de observar até que ponto um artefato de quinhentos anos é capaz de responder a uma pergunta que lhe fazemos agora. Um teste de resistência. Forçar o livro, submetê-lo a uma sabatina, emboscá-lo. Mas também afastá-lo da guarda resistente e feroz dos bibliotecários — dar a ele a chance de respirar.

5

Em uma edição de 1840 da *Le Magasin Pittoresque*, uma revista de variedades que circulou na França durante o século XIX e que hoje está disponível na internet, pode-se ler, na página 104, uma pequenina nota sobre a expressão, corrente em francês, "escrever como um anjo" (*écrire comme un ange*). Sua origem estaria associada ao nome de Ângelo Vergécio e à ideia de perfeição caligráfica por ele evocada. O trocadilho é lembrado também num importante dicionário de escribas publicado em Londres por John Bradley em 1889. Trata-se, bem provavelmente, de uma inferência equivocada, entre tantas outras, um eco distorcido de comentários nem sempre confiáveis feitos na borda dos códices sobre Vergécio e seu trabalho.

É curioso como esses pequenos registros de leitores e bibliotecários, encolhidos, discretos, sobrevivem como uma espécie de conversa de bastidores, ao pé da orelha, um cochicho entre um livro e outro ao longo dos séculos, na periferia das páginas. Margens, rodapés; folhas de guarda, colofões. Estaria aí, nesses cantos não domesticados do livro, onde vozes distintas se misturam sem hierarquia e sem pudor, uma espécie de nascedouro de fantasmas, um corredor estreito e esfumaçado onde, não havendo distinção entre a autoridade e sua sombra, a história pode difundir livremente suas imposturas e a ficção recrutar alguns personagens?

Seja como for, a letra de Vergécio faz jus à fama, sobretudo (me arrisco a dizer) diante da herança de uma escrita gótica, pesada e reta, incapaz de proporcionar a ilusão de continuidade e maciez própria das letras cursivas, como já tinha percebido, algumas décadas antes, o editor Aldo Manuzio. A exposição mostra vários códices feitos por Vergécio para a realeza — para um cardeal, para amigos do rei, para Catarina de Médici. Capas em marroquim, medalhões pintados à mão, filigranas em forma de flecha ou estrela. A letra do copista integra essa arte. Detenho-me, por exemplo, em um exemplar de *Antiguidades romanas*, de Dionísio de Halicarnasso. O manuscrito é de 1540 e foi oferecido por Vergécio a Francisco I; a encadernação, porém, veio dez anos depois, já sob Henrique II. O suporte transparente permite ver a fineza da capa — o couro amarronzado, com detalhes em dourado, e o medalhão vermelho no centro, com a heráldica de Henrique II. O livro está aberto no frontispício. Tal como em todas as cópias de Vergécio, a letra é de uma sobriedade diplomática — sem tremor, sem afetação. Ligeiramente inclinada, é segura, uniforme, simétrica, mas ao mesmo tempo plástica e abobadada. A sinuosidade do traço, dos acentos, com ganchos suaves e respingos, parece dar uma espécie de inteligência gráfica à escrita, ainda mais se você a confronta com a de outros copistas da época.

Para quem não conhece o grego, como eu, e assim pode admirar a caligrafia sem ser molestado pelo significado, o efeito pictórico é ainda mais intenso. Letras e gravuras se aproximam, reagem juntas. A imptossibilidade de compreender o que está dito ali, a ignorância da língua, que impede o visitante leigo de saltar para dentro da outra cultura, não me deixa de todo inibido ou frustrado. Pois há algo nessa insuficiência, nesse limite, que acaba me colocando numa posição singular — a posição extrema de um leitor. Passo em revista a série dos bestiários. Se ali está, de fato, um poema, um poema em versos jâmbicos, cujo ritmo não posso sintonizar, haverá nele, certamente, um quinhão de obscuridade, da obscuridade que é vital a todo poema. Ainda que não consiga lê-lo, explorar seus sons, seus ritos, serei seu leitor extremo, seu não leitor. Flertar com o obscuro — não é essa, afinal, a função crucial do leitor de poemas?

6

Não foi sem razão, pois, que escolheram a letra de Vergécio como modelo para os caracteres gregos desenhados e fundidos por Claude Garamond a pedido de Francisco I — os *grecs du roi* —, e usados na impressão de livros régios a cargo de Robert Estienne. Vergécio não apenas empresta a caligrafia; ele também orienta o trabalho de Garamond. Estienne cuida de imprimir.

O primeiro volume impresso com os tipos reais em grego foi a *História eclesiástica*, de Eusébio de Cesareia, em 1544. Na epígrafe, dedicada ao rei, Estienne se refere aos "mais hábeis artífices" encarregados de preparar os caracteres "de forma moderna e elegante". O exemplar da exposição não precisou de traslado: mantido no setor de impressos raros da Biblioteca François Mitterrand, teve apenas de pegar o elevador, pulando do piso inferior para o andar onde se emparelham os galhos mais altos das árvores do jardim. Se o visitante estiver cansado, aliás, pode sair da galeria, pegar um expresso no Café des Globes e ir para a sacada: vai ver plantas trazidas de toda a França, presas ao chão por cabos de aço — parecem querer levitar.

A comparação é inevitável. Você observa o livro impresso, volta aos manuscritos. Tal como na caligrafia de Vergécio, os caracteres de Garamond se ligam muitas vezes uns aos outros, de forma sutil, conjugando-se em um único tipo. São as famosas ligaturas. O esforço para imitar o modelo é tão óbvio que, em uma rápida olhada, quase não dá para saber qual texto é impresso, qual é feito à mão. Mesmo a decoração, do gravurista real Geoffroy Tory, não parece muito distante das vinhetas características dos códices do copista.

Depois da *História eclesiástica*, Garamond gravou mais duas séries de tipos gregos para o rei, que foram usadas, em 1546 e 1550, em edições do *Novo Testamento*. Um bastão enroscado por um ramo de oliva e por uma serpente aparece como marca das publicações. Garamond gravou também vários tipos romanos, que depois de sua morte se disseminaram pela Europa e constituíram a base para fontes modernas. Alguns desses tipos foram parar no Museu Plantin-Moretus, na Antuérpia. Já as mil trezentas e vinte e sete punções originais dos *grecs du roi* encontram-se na Imprimerie Nationale. Infelizmente, nenhuma delas foi trazida para a exposição.

Início dos anos 1550. Em seu ateliê, Garamond, tipógrafo experiente e conhecido, concentra-se no desenho de mais um tipo. É o romano Parangon, de corpo médio, destinado à impressão de uma gramática francesa. As letras são regulares, leves, ritmadas. Se um leitor pudesse testá-las, medir perante elas a fadiga dos olhos, provavelmente piscaria pouco, e responderia ao texto com prazer. Garamond faz seu rascunho: molda a curva do "s", que seria como um sigma; prolonga a cauda do "Q", que lembra a de um fi grego; arredonda o pé do "y", e eis um lambda invertido. Seu alfabeto é romano — a coreografia, pelo menos em parte, é grega. Em algum momento, Garamond se dá conta de que opera ali uma cadência emprestada, o ruído de outra escrita à qual ele se habituou e que agora o conduz. Essa contaminação, espontânea, sorrateira, vem das lições que Ângelo Vergécio, calígrafo real, lhe ensinou. Garamond faz a curva do "b", a serifa do "k"; dá um espaço, respira. Tal como Vergécio injetou no francês seu sotaque cretense, tal como a uncial grega inspirou os primeiros cristãos a criar a uncial latina, Garamond inscreve na moderna tipografia ocidental um breve acento grego.

Na década de 1980, um grupo de designers americanos visitou o Museu Plantin-Moretus. Queriam criar uma fonte nova, de alta tecnologia, com base diretamente nas espécies clássicas. Em sua busca, fotografam e estudam várias peças originais do século XVI. Pesquisam ainda um mostruário de fontes editado em Frankfurt em

1592 — uma referência para vários tipógrafos. Entre as espécies disponíveis, preferem a Parangon. E da investigação quase microscópica da Parangon surge a Adobe Garamond. A Parangon renasce como Garamond; a sombra de Vergécio vem junto — talvez você a perceba agora.

Nesse ponto, é legítimo indagar se tal conclusão é mesmo admissível, se a ideia de uma inflexão da letra grega sobre a fonte romana é mesmo verdadeira, ou apenas uma fantasia inócua. Se nada na exposição, nem em seu robusto catálogo, menciona esse detalhe, quem sou eu, sem a credencial de um estudioso, para sugeri-lo?

Ora, seria o caso então de lembrar que isto é um ensaio, e se é um ensaio, é permitido provocar e recuar, afirmar e desdizer, e conjecturar à vontade; se isto é um ensaio, é permitido gaguejar, pesar e repesar, tentar e corrigir, incendiar e pôr-se em fuga; é permitido imaginar e duvidar, e isso se pode fazer de forma explícita ou camuflada, como puro exercício fabulatório ou reflexivo; se isto é um ensaio, é permitido não ter autoridade, como não têm autoridade os apontamentos e os rabiscos em um caderno; se isto é um ensaio, cada frase é uma pergunta, cada passagem, cada cena é uma pergunta, cada peripécia ou argumento é uma pergunta, sempre uma pergunta disfarçada, e todo o ensaio é um manto de perguntas, e seu único compromisso é com perguntar e retificar a pergunta, de modo que não se conclua. Se isto é um ensaio, não é como a construção de um andaime, uma armação garantida pelo cálculo e verticalidade, com a função de sustentar quem aos poucos se eleva; se isto é um ensaio, é preciso lê-lo como quem entra em um jardim noturno, tateando o vulto das flores e dos bichos, e assim cria ilusões precárias e sucessivas, com o único propósito de perder-se nelas ou testar o seu alcance, ou de saltar de uma para outra, ou a qualquer momento despencar de tal maneira que enfim flerte com a verdade, naquele ponto em que, sem prova ou documento, só a alucinação é capaz de atingir o centro nervoso da descoberta. Se você escalou seu andaime com lógica, módulo por módulo, encaixando um painel no outro, e no topo, ainda atado, não consegue ver o horizonte, é nessa falta que você deve deixar passar o vento incerto das coisas incertas, e correr o risco. Se isto é um ensaio, é permitido enganar e indicar o engano, indagar e voltar a indagar, e no fim se verá no caderno uma coleção de setas. Se isto é um ensaio, é permitido a mim e a você, mesmo sem saber nenhuma palavra em grego, admirar livremente esses manuscritos esplêndidos, e logo descobrir que a letra gama é o nó de uma corda, e que a curva do ômega oculta o casco de uma gôndola. No fim, apenas navios que partem — e os cães de Creta no porto.

7

Quem repara nesses livros, feitos com tanto capricho, a tinta domesticada, as linhas sem rasura, não pode deixar de pensar na dureza do trabalho dos copistas. "Três dedos trabalham, o corpo inteiro dói." "As costas arqueiam, as costelas se retraem, a escrita causa ao corpo todo tipo de desconforto." Frases assim, deixadas à margem ou no colofão dos códices medievais, testemunham a herança exaustiva que os monastérios legaram a Vergécio. A exposição, porém, explora algo mais, um mecanismo que vai além do aspecto físico e que diz respeito ao processo intelectual de edição dos textos — desde o primeiro rascunho até o que se poderia chamar de exemplar de apresentação.

Algumas pistas sobre como era o método de Vergécio são dadas pelas cartas que ele enviou já no fim da vida a Henri de Mesmes, conselheiro de Estado do rei Henrique II e interlocutor de Montaigne. Escritas com letra garranchuda e displicente, própria de quem tem pressa, as cartas estão agrupadas na última parte da exposição, talvez a mais exigente para o visitante. Nada ali, diga-se de passagem, é exatamente um entretenimento. Alphonse Dain, um helenista francês da primeira metade do século XX, investigou essas cartas e os procedimentos do copista; seu nome é homenageado com várias citações nos painéis.

Para entender como Vergécio estabelecia seus textos, Dain estuda os manuscritos de um tratado militar, o *Tactica Theoria*, de Eliano, que Vergécio teria copiado pelo menos cinco vezes. A primeira versão, diz Dain, é de antes de 1540, e corresponde ao que hoje é identificado como manuscrito Grec 2526 da Biblioteca Nacional da França. Trata-se de um rascunho — uma espécie de cópia embrionária feita a partir de um exemplar medieval desconhecido. Esse esboço — que Vergécio abandonaria mais tarde — foi cotejado com outras cópias e submetido a correções. Vergécio comanda três revisões do texto, colacionando-o com uma tradução latina e com outra fonte grega. Teria havido ainda uma quarta revisão, executada diretamente por Vergécio, em que ele decidia pendências e contradições de sua equipe de filólogos. Eis aí — para vibração dos editores e revisores que visitam a exposição — uma verdadeira oficina de preparação de originais. Apenas após essa série de intervenções é que Vergécio chega a seu exemplar de referência — segundo Dain, o Scorialensis Φ-II-2, cedido para a exposição pela biblioteca do Escorial. Essa seria a matriz de trabalho a partir da qual os manuscritos encomendados eram, enfim com todo o esmero, preparados. Com base nessa matriz é que Vergécio teria confeccionado, em 1549, a cópia suntuosa destinada a Henrique II, com encadernação feita em Fontainebleau — o Grec 2443. Podemos admirar a primeira página do livro, uma iluminura de guerra acima do título. A letra de Vergécio está impecável. Entretanto, não me iludo com a ideia de conclusão — a versão seguinte já seria diferente.

Quando passo em revista essas séries copiadas e emendadas, e depois recopiadas, e as edições requintadas que circularam a partir delas, é difícil não as associar a escritores como, por exemplo, Flaubert, que corroeu a própria vida com a ficção interminável de dois copistas, Bouvard e Pécuchet, ou Kafka, que fez dos seus diários um romance inconcluso — e deixou inconclusos todos os seus romances. Mas penso, especialmente, em Borges, que concebeu a reescrita como fórmula para uma obra, uma rede de textos publicados, alterados e republicados durante décadas.

Borges é o escriba que, tal como Vergécio, edita cinco versões de um mesmo texto, o "Homem da esquina rosada"; Borges é o escriba que publica "O imortal", a autobiografia de um escriba — Homero — e da própria narrativa, emendada e retificada ao longo de dois mil anos, até atingir o leitor. Sempre penso em Borges como o escritor que transpôs o regime medieval de escrita para dentro do mundo tipográfico e encenou o jogo entre as duas eras (como quem esquece um manuscrito dentro de um livro impresso), já prenunciando, porém, a que viria depois. Poderia pensar também em Proust ou em Musil, em Mallarmé e em Pessoa, ou em Macedonio Fernández, em todos os escritores adoecidos pelos rascunhos e inconformados com o fim, mas acabo atormentado mesmo pela minha pobre contingência, pelos baldes de notas que deixei em casa, no Brasil, e pelas que continuo a fazer ao caminhar por Paris, notas que por definição são inacabadas, flechas lançadas e suspensas no ar, notas que acumulo para um livro que não sei qual é.

Na árvore de cópias feitas por Vergécio, algo de irônico une a família de Eliano à do bestiário de Manuel Philes. É o que descubro com a ajuda da curadora da exposição, que me aponta o manuscrito Grec 2526. Ali estão, costurados sob um mesmo caderno, o início e o fim da carreira do copista: o esboço primitivo do tratado de Eliano (dos anos 1530) e a última versão do bestiário (de 1568). O exemplar do *De Animalium Proprietate*, como era de esperar, não chegou a ser concluído — a parte reservada às iluminuras permanece limpa. Tal como os romances de Kafka, tal como a enciclopédia de Bouvard e Pécuchet, esse último golpe em branco não é obra da morte ou do acaso. O inacabamento — sua fórmula — está nesses livros desde a primeira frase, e talvez seja anterior a eles. O inacabamento é um gênero literário.

8

A imagem do copista como criatura obediente e passiva, que reproduz de forma mecânica e sem contestação o original antigo, é certamente desmentida pela postura de Ângelo Vergécio. Por um lado, se lhe cai nas mãos um texto cheio de erros, sua primeira reação pode ser a de recusa. Ele se negará a copiar. É o que ocorre, por exemplo, diante de um volume de poemas órficos que lhe é enviado por Henri de Mesmes. Em breve carta ao amigo, Vergécio se diz "tomado de vertigem" pelo "oceano de erros" que o texto contém, e assim "reteve a mão" que executaria a tarefa. Estaria aí uma espécie de precursor de Bartleby, o personagem escrivão de Herman Melville que prefere não mais copiar e com isso escava em torno de si um abismo que atrairá leitores por mais de um século? Por outro lado, ao fazer o seu trabalho, Vergécio está propenso a extrapolar.

Emenda e altera, faz interpolações e acréscimos, insere trechos estranhos ao modelo. Foge, sem dúvida, ao esquema monástico de funções descrito por são Boaventura cerca de trezentos anos antes, segundo o qual o copista, na composição de um livro, deveria limitar-se a "escrever palavras dos outros, sem adicionar nada nem mudar nada". Vergécio avança, e acaba assumindo também os outros três papéis — o de comentador, o de compilador e, de certo modo, o de autor. Nas cópias que produziu do bestiário, afirma Dain, Vergécio insere por sua conta algumas dezenas de versos inexistentes no poema original de Manuel Philes.

Se fôssemos considerar o ponto de vista de Poggio Bracciolini, erudito que viveu cem anos antes e cedeu sua caligrafia para os tipos de Aldo Manuzio, Vergécio poderia receber a absurda pecha de "excremento do mundo". Mas não estava sozinho. Suas fraudes eram diminutas perto das de Constantino Paleokappa, seu colega em Fontainebleau, reconhecido como notório falsificador. Vejo um exemplar de seiscentas páginas do intitulado *Violarium*, suposto tratado mitológico copiado por Paleokappa e atribuído a Eudócia Augusta — imperatriz romana em Constantinopla nos primórdios da era bizantina. O livro, fico sabendo, não passa de um embuste, uma colagem de dicionários antigos; o propósito da autoria falsa seria, provavelmente, aumentar o valor de venda da cópia. Jacob Diassorinos, o terceiro copista grego em Fontainebleau, também se meteu em farsas. Quem me conta os detalhes é a curadora, enquanto tomamos um café. Poeta ocasional, conhecedor de gramática, chegou a trabalhar numa botica em Veneza — para saldar dívidas, ela diz. Me agrada saber desse percurso, de alguém que, como eu, desistiu da escola de farmácia para manipular palavras.

Da recusa radical à invenção. É certo que Vergécio não compôs uma obra literária. Seus procedimentos, no entanto, os gestos com que intervém no texto, compõem um espaço criativo que de certo modo antecipa o jogo da literatura moderna — uma literatura com a mania incessante de rasurar e citar, de se autoindagar, de converter o autor em personagem e o livro em objeto da própria ficção, como se de certo modo nunca tivéssemos nos livrado completamente do manuscrito, como se ainda houvesse em cada livro a nostalgia do original, ou agora talvez apenas a nostalgia das coisas concretas — a nostalgia da nostalgia.

Penso na condição do escritor, aquele que simplesmente em algum momento é designado como tal, num voo tão traiçoeiro quanto incerto. A posição do copista, imagino, é o princípio a que todo escritor deveria recuar — não por ter aí uma saída óbvia diante da página em branco, mas sim para recuperar aquele estado vital de iminência sem o qual o desvio e o erro, chave para tornar-se outro, não acontecem. É no lugar do copista — obrigado a renunciar à autoridade — que se pode lavar a mão com água fresca, fruir a expectativa de algo por vir, os apontamentos sem solução, um tremor labial ou um balbucio, tal como o da criança aprendendo a falar ou o do tradutor que não imergiu por completo no novo idioma. Para tornar-se escritor, é preciso sempre se tornar escriba.

9

Como toda figura de letras que se preze, Vergécio parece ter vivido às voltas com dívidas e problemas financeiros, apesar dos estipêndios reais — que de qualquer modo não eram regulares. Alguns documentos mostram que ele foi condenado em um processo judicial e até passou uma temporada na cadeia. O motivo não é claro; tendo a crer que se relacione com empréstimos não quitados.

Não resisto a imaginar Vergécio como parte de uma comunidade literária de endividados, fértil e longeva, que inclui desde escreventes e revisores pés-rapados até gente da estirpe de Baudelaire, Balzac e Dostoiévski. A lista, como se sabe, é imensa.

As correspondências dão as pistas de seu desespero. Numa cópia feita por Vergécio do *Quadrivium*, um livro de ciências matemáticas de Jorge Paquimeres, historiador bizantino, vemos, em uma tira de pergaminho colada na folha de rosto, uma ordem de Francisco I para o pagamento a Vergécio de uma pensão de duzentas e vinte e cinco *livres tournois*, algo equivalente a dezoito mil trezentos e quinze euros — se é que dá para acreditar no cálculo do conversor. A data é janeiro de 1539, mas o valor é retroativo a um ano. Certamente um alívio, para quem tinha acabado de chegar a Paris. Já em 1566, Henri de Mesmes envia a Michel de L'Hôpital, a pedido do próprio Vergécio, uma carta em que suplica um auxílio pecuniário da corte para o copista, "esse pobre grego velho que nos ensinou a todos a escrever", ele diz. Para quem, depois de ter visitado a exposição, está íntimo de Vergécio, a carta surpreende e pode até emocionar. "Não é honroso para a França que um personagem tão raro morra de fome aqui", escreve De Mesmes, em um francês legível. Uma nota: os missivistas, De Mesmes e De L'Hôpital, eram amigos; ambos tinham recebido dedicatórias de Montaigne — em volumes da obra de La Boétie por ele editada. Vergécio morreria três anos depois. Livros gregos foram sua única herança material.

Não é por outra razão — a necessidade de sobreviver — que Vergécio se envolve em tantas atividades ao longo da vida. Além de cuidar da biblioteca real e produzir livros para a corte, empenha-se em vender cópias do próprio cardápio. Traduz, edita, dá aulas em várias famílias. Vivia nessa zona cinzenta que é própria dos funcionários ilustrados, cuja moeda é o conhecimento, mas sem ambição de poder. Se tento vislumbrar seu rosto, sou logo arrastado pela gravidade dos que vieram depois dele. Sabemos que, apesar de sua relativa erudição, nunca aprendeu direito o francês. Penso então em "um homem acabado e terroso, de olhos cinza e barba cinza, de traços singularmente vagos", que "manejava com fluidez e ignorância várias línguas". Mas esse é Cartaphilus, o antiquário que, no conto de Borges, narra a história do imortal. Penso também em um sujeito "levemente arrumado, lamentavelmente respeitável, extremamente desamparado", e esse é Bartleby. Chego a projetar nele um traço de ingenuidade, uma certa gagueira, e o vejo com um traje "meio pardo e brancacento" — como era o de Akaki Akakiévitch, personagem de Gógol. Se em algum momento, porém, fantasio uma figura magra e de óculos, de camisa barata e calça jeans, fazendo anotações obsessivas num caderninho, é claro que estou pensando em um dos meus amigos revisores a quem sempre recorro no Brasil.

Anjo, mensageiro. Ângelo Vergécio pode ser o que vem embutido no seu nome. Sua figura evoca, pela etimologia e pela vida, o mito de Hermes, o deus versátil, ambíguo, comerciante de palavras, pai da escrita e dos números, protetor dos tradutores, dos ladrões. Hermes, que começou no Egito com Thot e se confunde com Mercúrio. É Hermes quem, com suas asas velozes, vai trafegar na linha de fronteira própria dos escribas — entre um deus (um rei, um governante) e o homem comum, a língua materna e a estrangeira, o original e a cópia, o manuscrito e o livro. Encena o papel de autor, encena o de leitor. É o deus dos umbrais, da noite, das passagens. Intérprete dos vivos, condutor dos mortos. Como Hermes, Vergécio, a meio caminho entre a história e a ficção, é, em todos os sentidos, um duplo. Talvez por isso não se devesse considerar tão casual a edição que fez do *Poimandres*, atribuído a Hermes Trismegisto, o livro que reconcilia os escribas e os alquimistas, os manipuladores de letras e os de metais. Impressa em 1554 por Guillaume Morel, a edição é bilíngue; Vergécio teria feito a tradução para o grego a partir do texto em latim de Marsilio Ficino — base de consulta para as da modernidade.

Além de Ângelo, Vergécio. Se a raiz desse sobrenome for uma importação do latim, significará "verga" — cajado, bastão ou mesmo cálamo. E então teríamos em Ângelo Vergécio, como em Hermes, "um mensageiro com seu cajado". Tal coincidência, tão apropriada quanto forçada, poderia funcionar como uma chave para os místicos.

10

Ângelo Vergécio morreu em 1569. Ainda no século XVII, e mesmo depois, haveria copistas em atividade na França e na Europa, seja no ofício religioso, preparando volumes eclesiásticos especiais, seja no circuito particular, quando não no clandestino, atendendo a escritores desejosos de manter seu nome — ou o título — fora da grande circulação dos impressos. De certo modo, os copistas existem até hoje, se consideramos como tais, com maior ou menor grau de parentesco, seus herdeiros — escreventes e notários, preparadores de texto, editores, revisores, profissionais do meio burocrático e editorial. Mais que isso, talvez esteja a ponto de se consolidar uma nova e assombrosa estirpe de copistas: todos os que, copiando e colando, mas já esvaziados de qualquer sacrifício ou duração, transmitem textos alheios em suas redes de comunicação virtual. São esses os que saturam a máquina de narrar.

Le Dernier des Copistes é um título simbólico, uma escolha provocativa da curadora. Vergécio não foi precisamente o último dos copistas tradicionais. Entretanto, ao deixar gravada sua letra no papel e no chumbo, nos livros manuscritos e nos impressos, tornou-se um personagem de duas eras, alguém que, para ser o último, precisava ser de certo modo o primeiro. Vergécio foi um duplo de duas grandes épocas, crepuscular e nascente, inscrito no passado medieval e no futuro moderno, fazendo a passagem entre eles. Um calígrafo e o fantasma desse calígrafo, um copista e o fantasma desse copista. Sua letra tornou-se o fantasma de sua letra (pode um anjo converter-se em fantasma?).

Como acontece a todas as criaturas moribundas, prestes a morrer, aquelas que já não pertencem mais a este mundo, e cujos olhos surgem de repente azulados e opacos, anunciando a chegada de seu espectro, Vergécio poderia ser também aquele que encarna a solidão monumental dos copistas, sua longa e interminável solidão, a monástica e depois a urbana — e agora, quem sabe, a virtual. Uma melancolia de "origem cósmica", própria desse "velho profissional da tristeza", diria o amanuense Belmiro, personagem de Cyro dos Anjos.

O livro manuscrito, tal como o cabelo ou as unhas, é um diário do corpo; carrega em cada linha, desde o início, o seu tempo. O livro impresso segue outro termo — suas páginas só começam a envelhecer com a chegada do leitor. Se o livro, porém, deixa de ter corpo, se os dedos de quem lê não podem tocar suas páginas, porque não há páginas, se o texto é uma luminescência provisória projetada numa tela, que logo se torna outra tela, com outros pigmentos e outra luz, então o livro é o fantasma do livro. E seu único tempo será o da leitura.

Se você lê este texto, um texto que, antes de ser despachado, com o toque de um dedo, do quarto de um hotel vagabundo em Paris para o escritório de uma revista no Brasil, perdeu vários de seus rascunhos precipitados no vácuo de um computador, se você lê este texto, está enfim diante de uma confraria de fantasmas. Aqui, o fantasma da minha voz se confunde com o da letra de Vergécio, mas somente esta pode ser vista em uma exposição.

Paris, abril de 2019
F. C.

PARTE I

Uma das primeiras imagens que surgiram na página quando digitei o nome dela foi a de um polvo — um polvo desses de fábula, desenhado com muito capricho, à mão. De cara dava para perceber que tinha saído de algum livro antigo, medieval, pelo tom encardido, pelas linhas manuscritas abaixo da figura. Acho que foi isso que me chamou a atenção. Eu estava pesquisando o nome de Lygia. Queria saber alguma coisa da minha nova parceira de trabalho, ilustradora e designer, de quem, na verdade, nunca tinha ouvido falar. Íamos preparar juntos um livro para uma pequena editora, dessas que têm certo charme mas quase nenhum funcionário, e conseguem, na base da abnegação e da sorte, manter um catálogo surpreendente e de bom gosto.

Nessa época, começo de 2019, eu estava desempregado e tinha acabado de me separar. Sobrevivia basicamente da revisão de teses e de alguns bicos em agências de publicidade. O combinado era que Lygia se encarregaria do projeto gráfico e da diagramação, e eu faria a preparação e a revisão dos textos. Foi então que, por curiosidade, lancei o nome dela no Google, Lygia

Delgado, esse nome que soa sempre tão sonoro e elegante, e veio aquela lista toda misturada. Várias Lygias, vários delgados que não eram nomes, vários homônimos, gente famosa e gente desconhecida. Nem me detive na Lygia que eu queria, pois fui logo capturado pelo desenho do polvo — aquela criatura espantosa, com ares de sobrenatural. Cliquei no link. Lá estava o texto sobre o copista grego, o site da revista tinha acabado de liberar. Claro que eu nunca tinha ouvido falar de Ângelo Vergécio, não andava preocupado com a Renascença nem com Claude Garamond, mas, sei lá por quê, achei aquele título atraente, de algum modo me pareceu familiar. *O último dos copistas*. Foi assim que topei com o seu artigo.

Talvez você ache bobagem. Mas essas pequenas surpresas, esses desvios da nossa atenção, às vezes me deixam intrigado. Penso no modo como o acaso se manifesta na internet. Se haveria, quem sabe, um tipo de acaso peculiar ao meio virtual. Não estou falando do que acontece quando alguém navega sem rumo pela rede, e salta de uma janela a outra à deriva, como um flâneur. O acaso aí já faz parte do jogo, coincide com o jogo. Equivale a vagar por uma cidade, perder-se nela. A minha curiosidade tem a ver com outra coisa, não propriamente com a deambulação. Tem a ver com o percurso que já está programado na rede para nós, conduzido por um guia exato, ou pretensamente exato, que chamam de algoritmo. A questão, para mim, é como o acaso é capaz de romper com essa lógica de antemão determinada, na qual não há brecha para o imprevisto. Traçam um roteiro, você está no centro das instruções. Toda vez que digito uma palavra naquela caixinha do Google, me pergunto: existe aqui alguma margem para o acaso? Pode um mecanismo aleatório, fora de controle, interferir na pesquisa que estou fazendo e perturbar seu resultado — a despeito dos algoritmos, contra os algoritmos?

Você quer saber algo sobre uma pessoa ou um fato histórico, por exemplo. Sobre uma questão científica. O sistema anota a sua pergunta, começa imediatamente a rastrear. Está ali uma espécie de Posêidon, de deus dos mares profundos. Ele mergulha e varre tudo com seu tridente, toda a memória acumulada e que não cessa de crescer. Numa fração de segundo, já retornou à superfície, exibe o seu poder. Nenhum elemento ali é casual. Nenhum marisco, nenhum peixe estranho é fisgado por acidente. A seleção atende a um cálculo, a uma ordem. É uma inteligência atrevida. Ela explora o próprio sujeito que faz a pergunta, considera coisas a seu respeito que ele próprio ignora, suas manias, seu jeito de teclar, de mirar a tela. Às vezes me ocorre que esses algoritmos, que parecem ter vontade própria, que agem de forma dominadora e obscura, nos mostram os primórdios de uma mitologia — o surgimento de uma divindade, nos primeiros passos de sua criação.

Pelo que sei, até os matemáticos mais obstinados, e a prova vem de Gödel, já concluíram que não podem controlar tudo. Todo sistema, todo edifício lógico, por mais perfeito que seja, estará sempre à mercê de algo que não pode alcançar, que está fora dele. Um mundo nunca se completa dentro de si próprio, seja ele uma igreja, um romance ou um conjunto de equações. Os algoritmos também se submetem a essa lei. Imagine assim que, por um motivo banal, um erro de codificação ou uma pane, quem sabe uma anomalia térmica, elétrica, advenha uma instabilidade na rede de computadores. No momento da busca, uma ligeira flutuação atinge o sistema e o corrompe. Uma referência some da tela, outra atravessa em seu lugar. Um ícone, uma janela que não deveria estar ali, e que acaba mudando o sentido das coisas. É engraçado que uma falha desse tipo tenha acontecido logo no nascimento da internet, na primeira tentativa oficial de conexão, no fim da década de 1960. Num computador da Universidade da Califórnia, em Los Angeles, um professor começa a digitar a palavra "login", e espera que seu colega em Stanford, a quase sessenta quilômetros de distância, receba a mensagem em seu monitor. É um momento inaugural na história das redes. As duas primeiras letras são visualizadas pelo cara de Stanford, mas a transmissão cai logo em seguida, antes do "g". O texto enviado é apenas "lo". Dizem que esse é o e-mail precursor.

A ocorrência não teria grande importância, concordo, mas só até você descobrir que "lo" não é apenas um fragmento de palavra. Se você investigar, vai ver que "lo" é uma sílaba significativa, uma espécie de ruído arcaico da língua inglesa. Para os dicionaristas, "lo" é a forma reduzida de *hello*, e um dia já foi também um "oh!" de surpresa ou espanto, um profético "eis aí". Como na expressão *lo and behold*, que funciona em inglês como se fosse uma varinha de condão — *voilà!*

Essa é a felicidade do erro, ou do acaso — a novidade que é capaz de gerar. Não consigo resistir à ideia de que essas pequenas falhas eletrônicas, esses incidentes sem explicação, que até pouco tempo a gente resolvia com um soco no equipamento, são já um sintoma de irritação da internet, uma resposta da rede à programação. Ou, sei lá, o traço embrionário de um sonho, a evidência de que a internet é capaz de sonhar, e está nos dando um sinal. Você não precisa me levar a sério. Mas não é no erro, afinal, que as máquinas costumam demonstrar sua insubordinação? Não seria dessa maneira desobediente, agindo à margem do protocolo, que os algoritmos poderiam expressar alguma forma inusitada de consciência? Como numa sessão de I Ching ou de tarô, os demônios estão ali, arranhando a porta, mexendo na chave. Eles sempre se adaptam, e agora é a hora dos bits e dos fótons, das correntes do mundo eletrônico.

* * *

Você é uma pessoa conhecida, F. C. Já publicou vários livros, deve ter ganhado prêmios. O que vem na tela quando alguém pesquisa seu nome no Google? Se o indivíduo tem alguma obra, se é artista ou político, dá para ver muita coisa no resultado. Mas se é um zé-ninguém, um anônimo, só aparece processo judicial. É o meu caso. Tirando os homônimos — Eduardo Penna é um nome comum —, o Google me lança como réu numa ação de cobrança, e como parte num processo de divórcio. Para achar uma menção digna, é preciso rolar até a terceira, quarta página, saltar um monte de lixo, e localizar o Eduardo Penna numa lista remota de aprovação no mestrado, dez anos atrás. Mestrado, aliás, que nunca concluí. Mas ponha lá o nome de alguém que tem uma trajetória, uma memória pública. Obviamente você já percebeu isso. Primeiro, no alto, junto com os anúncios piscantes, vão aparecer links biográficos, mais certeiros. Depois vêm entrevistas, livros, eventos. Não há um rigor cronológico, as citações são dispersas. Aos poucos, o nome começa a ser desmembrado, as combinações são feitas aos pedaços. Delgado, de Lygia, por exemplo, é um sobrenome, mas é também um adjetivo. De repente, por contaminação, Lygia se torna o contrário de espesso, o mesmo que fino e tênue, é uma mulher e é uma substância. Arrastada por associações, a pessoa se converte em coisa, em aspectos de coisas.

No campo das imagens, das fotos, a montagem é similar. Primeiro você vê na tela a pessoa com o nome pesquisado. Quanto mais famosa, mais imagens são atraídas para o resultado. Vão aparecer também os que tiraram fotografia com ela, os que estiveram na mesma festa, ou que publicaram na mesma revista, e aí estou pensando no seu caso — o de um escritor. Até certo ponto, dá para acompanhar e entender o mosaico, dá para inferir os motivos das conexões. Mas há um patamar da busca, uma faixa cinzenta, em que as informações começam a se complicar, surgem figuras ou tópicos exóticos, incompreensíveis, que aparentemente não têm nenhuma relação com o nome que você escolheu. Aquele jornal antigo, por exemplo, com um criminoso na capa. Uma tabela periódica, uma garrafa de uísque, uma sala de teatro vazia. Uma bicicleta velha, um boneco de pau, um cavalo árabe. Por fim, uma foto amarelada de Marcel Proust. O que isso tem a ver com a pessoa que você procura? As aproximações se tornam arbitrárias, como numa sessão dadaísta. Deve haver um mecanismo escondido aí. Ramificações que não vemos, sinapses encobertas. Uma teia de elos submersos que em algum momento reverberam na superfície. Que memória é essa? Qual é o tempo dessa memória?

Se você se levantar e for até aquele computador no balcão, perto do caixa, por sinal o lugar mais ventilado da livraria, se você entrar no Google agora e pesquisar o nome de Lygia, provavelmente vai achar um link para o seu artigo. Hoje a gente sabe que existe uma relação entre o nome dela e os desenhos nos livros de Vergécio. Recente, mas existe. Mas naquela época, três anos atrás, o que justificaria essa associação? Oráculos funcionam assim. Um peregrino viaja para Delfos, faz sua consulta. A pítia, embriagada pela névoa, responde de forma enviesada. O sacerdote interpreta. O visitante sai de lá sem compreender muito bem a sentença, às vezes até a esquece. Em algum momento futuro, porém, a resposta da pítia retornará, retornará numa situação inesperada, e o peregrino mal vai aceitá-la. Talvez não vá aceitá-la. Um dia, por acaso, hipnotizado por uma iluminura em uma página de internet, li um artigo que não estava procurando. Estava atrás de uma mulher, encontrei os tentáculos de um polvo. Pois é nesse ponto que quero chegar, senhor escritor. Onde o jogo começa. Onde *a resposta não solicitada responde a uma pergunta que não foi feita*. Afinal, não é exatamente por isso que estamos os dois aqui, agora, tomando este café?

Chania, ilha de Creta

Porto dos venezianos. Não foi onde desembarquei hoje de manhã, depois de cruzar o mar Egeu. O ferry não atraca no cartão-postal. Peguei o nascer do sol na baía, a cidade velha acordando. Armazéns, muralhas, o farol. O cais apagado, os bancos vazios, descansando. O comércio abre as portas, as coisas já estão prontas. O vulto de uma senhora no beco, só vejo o xale escuro. Um cheiro agressivo de cordeiro, as casas coloridas, um cipreste. Vão aparecendo os couros, as lâminas, os tecidos. Uma banca de romãs, um suco de romã, uma romã aberta. Nunca tinha visto uma romã assim, viva. Conchas, esponjas, som de cascalho, de pedras quebradas. No fim do dia, a mulher de olhos pintados, na entrada do mercado. Lápis-lazúli, janela para outro mundo. Voltei para o hotel, ilustrei as cenas do dia, as impressões mais frescas da ilha. Já me parecem um álbum de memórias, fantasmas de quem partiu.

Se você quer mesmo saber, foi um baque em cima do outro. Mal perdi o emprego, veio a separação. É uma daquelas situações em que o sujeito, depois de tomar muita pancada, fica anestesiado, insosso. E também invisível. Você assenta numa mesa de bar, as mulheres passam do seu lado, na sua frente, não te enxergam. Até o vento muda de direção. Era para eu ter saído de casa numa sexta-feira, me lembro, não havia clima para insistir. Mas Vanessa, que leva a sério os astros e as cartas, me pediu que ficasse mais dois dias, só até segunda, ela disse, a lua vai entrar em Sagitário, e então os caminhos estariam limpos para nós. Nunca dei bola para esses trânsitos, mas sempre concordava com ela, por via das dúvidas. Deixei o apartamento na segunda à tarde, caí direto numa festa de rua, no outro extremo da cidade. Era época de são--joão. Fiquei quase um mês perambulando por festas juninas, em bairros que não conhecia, em cidadezinhas próximas. O céu é estrelado nessa época, faz frio por aqui. Eu gostava de zanzar pelas barraquinhas, apreciar as fogueiras, os balões subindo, eu queimando e subindo com eles.

* * *

Sim, trabalhei durante cinco anos lá, na Imprensa Oficial. Até 2017, se não me engano. Num prédio histórico do centro, um casarão comprido, em estilo eclético, ocupa quase todo o quarteirão. Hoje está vazio, com as portas lacradas, não há como visitar. Não sei se você sabe, mas um bocado de escritores passou por ali, gente da pesada. O Drummond passou por ali. Meu vínculo era precário, sem concurso, como precário é quase tudo o que faço. Eu trabalhava com a edição de livros históricos, de arte. Uma tarefa à sombra da burocracia, independente das publicações oficiais. Como aliás acontece nas imprensas do mundo inteiro, acuadas pela falta de grana, você sabe. Mas já não havia mais como segurar, era uma situação perdida. A tecnologia veio, ela se infiltra rapidamente, avassaladora, o fim se tornou inevitável.

Testemunhei de perto a passagem — o dia em que o palácio de tijolos sólidos, secular, com sua maquinaria de ferro e mofo, desmorona de vez. Aos poucos os empregados aceitam o anacronismo, não suportam mais fingir. Eu chegava para o expediente, parava na entrada do prédio. Um segundo, só para admirar o nome gravado no arco do portão. *Imprensa Official*. Em alto relevo, com dois efes. Título de uma era passada, com grafia de uma era passada. Sempre que penso nessa inscrição, me lembro de Dom Quixote, de uma cena do segundo volume do romance. Ele está em Barcelona, passeando pelas ruas da cidade. Na porta de uma loja, o letreiro no alto chama a sua atenção: "Aqui se imprimem livros". A descoberta o deixa pasmo e contente. Pela primeira vez, está diante de uma casa de impressão. Quatrocentos anos depois, é como se eu topasse com a mesma placa, intacta. O que um dia significou o futuro, e era o futuro de um cavaleiro enlouquecido, agora é o sinal de uma ruína.

Então chega o momento em que uma autoridade, uma autoridade qualquer, se vê em posição de declarar que a casa é supérflua, ou insustentável, e que os governos têm mais o que fazer do que gastar papel. De um só golpe, todas as funções são desativadas. As rachaduras se abrem, o prédio desmorona. Como a queda da Bastilha ou do Muro de Berlim, em escala reduzida. Houve uma série de protestos contra o fim da Imprensa. Não me esqueço dos funcionários, a maioria de cabelos brancos, aglomerados numa sala de reunião, atrás do vidro. Uma gente desterrada, pálida, empurrada para fora do mundo.

Não. Nenhum papel, grampo, carimbo. A única coisa que sobrou foi a publicação eletrônica. Fechei minha gaveta e saí de lá sem perspectivas, com uma mão na frente, outra atrás, assobiando pela praça Sete. Custei a entender que precisava me virar, que já não tinha salário. Por vários meses antes de rompermos, Vanessa segurou as pontas, tinha sido promovida a chefe de seção na Biblioteca Pública. Saí ligando para todo mundo, amigos sumidos, gente que me passava teses, artigos para revisar. Durante um tempo, peguei qualquer coisa que pintava. Livros para empresas, peças publicitárias. Revista de temporada, dessas que editam dois números, fazem um coquetel de lançamento, acabou. Embalagem de suco, de leite. Aprendi a lidar com blogs, revistas digitais. Trabalhei com catálogo de cosméticos. Quando um sobrinho de Vanessa ia lá em casa, um menino muito inteligente que estava aprendendo a ler, ele se aproximava, me pedia para decifrar os termos que eu estava rabiscando. Eram bulas de remédio, eu tinha sido contratado por um laboratório para revisá-las.

Se pudesse, se me fosse dada uma chance, iria para um jornal. Nunca trabalhei em jornal de notícias. Ainda tenho uma visão romântica das redações. Acontece que os jornais já não querem saber de revisores, as chances andam escassas nesse ramo também. Preferem a técnica da revisão póstuma — e gratuita. O jornal é publicado sem conferência, os leitores detectam os erros, os editores soltam as erratas.

A verdade é que estou quase nos cinquenta e não tenho nenhuma segurança. Tenho medo de acabar na miséria. Não sou dono de casa, nem de filhos, nem de poupança. Perdi a oportunidade de entrar para a academia, de ser professor. Era o que Vanessa queria. Nunca tive muito jeito para dar aulas, se você quer saber. O problema não é a plateia. O que me incomoda é a ideia de haver sempre alguém à sua espera. Cinquenta, cem pessoas plantadas numa sala, te esperando. Todos os dias. Não é para ter pânico? Às vezes me pergunto para que serve meu conhecimento de português, para que estudei anos de gramática, se a própria gramática está em baixa, se o mundo virtual, afinal de contas, pôs toda a língua e suas formas em xeque. Tem uma ferrugem me corroendo. Eu deveria ter feito algo como física ou biologia. Oceanografia. Hoje estaria em Abrolhos, em Noronha, em algum acampamento marinho, avistando golfinhos, tartarugas, tubarões-martelo. Tentando salvar os crustáceos do óleo. Seria uma existência mais estimulante, e meu léxico estaria recheado de termos suculentos. Olho para uma criança, só consigo projetar nela os fracassos, o perigo, a luta para manter o planeta habitável. Às vezes me sinto um catador de cacos, o que passa pela minha cabeça também já está em extinção. Se você anotar estas palavras, será como fotografar o último rinoceronte.

Anogeia

Rua de pedras, as lojinhas enfileiradas. Rendas, toalhas, tapetes. Lã. Uma continuidade de tecidos, pendurados nas paredes, em varais nas calçadas. Na frente da casa estão três mulheres. A mais velha, em uma poltrona, toda de preto, o lenço preto na cabeça, meias escuras. O rosto vincado, queimado de sol. Puxa o fio de um novelo, suas mãos trabalham rápido, o manto vai descendo pelo colo. Uma mulher mais jovem, deve ser a filha, está na cadeira vizinha. Soltou os cabelos, não ergue os olhos, tece também. Em pé atrás dela, uma menina brinca com os seus cachos, tenta fazer uma trança. A menina sorri para mim, envergonhada. Esse é o postal que queria ter te mandado.

É uma casa antiga em Santa Tereza, da década de 1940. Posso te levar lá, se quiser. No bairro tem um monte de botecos, de comércio miúdo. A rua fica na beira da linha de trem, um emaranhado de fios no poste da esquina. Betânia reformou a casa inteira antes de se instalar. Foi numa onda de ocupação que arrastou vários artistas para o bairro. Começaram a recuperar imóveis velhos, montar estúdios, ateliês. Hoje os preços subiram, mas na época, ela me disse, pagou uma bagatela pela casa. O lote é grande, tem um jardim na frente, um pé de laranja. Faz calor na região, as telhas de barro ajudam a refrescar. Seguindo pela garagem, na lateral, você vai dar no barracão. Foi aí que Betânia montou um pequeno escritório. Na porta ela pôs uma placa de aço com a logomarca da Abelha.

Era sábado quando estive lá pela primeira vez. Um desses dias em que a cidade amanhece limpa e solar, depois de ter chovido forte de madrugada. Para mim, tinha sido uma injeção de ânimo o convite de Betânia, uma oportunidade diferente. Apesar da minha experiência, nunca havia trabalhado para uma editora. Me sentia como um adolescente às vésperas do primeiro emprego. Desci no ponto final do ônibus, atravessei a praça, segui o muro que separa a rua dos trilhos. Toquei a campainha várias vezes. Ninguém atendeu. Continuei uns dez minutos no portão. Tentei o celular, nada. Já estava desistindo quando surgiu uma moça na janela. Rosto comprido, franjinha. "É só empurrar a grade", ela disse, abrindo um sorriso. "Betânia está nos fundos, te esperando. Eu sou a Lygia."

As duas já se conheciam. Lygia tinha ilustrado alguns livros para a Abelha. O neófito era eu. Na sala de Betânia, havia uma pilha de catálogos de exposição, já prontinhos, e ela furiosa consigo mesma. "É nisso que dá fazer economia com revisão", disse, apontando as caixas. Para baratear o serviço, confiou num amigo prestativo, supostamente "muito bom de português". Não era revisor profissional. O impresso veio da gráfica com tantos erros que ela não teve coragem de entregar para o cliente, uma galeria de arte. Nem mesmo com a errata devidamente encartada nos volumes. Mandou reimprimir às pressas os duzentos exemplares e arcou com o prejuízo. Betânia sempre foi muito rigorosa, eu já conhecia a sua fama. Até hoje ela se lamenta por esse vacilo. E ainda perdeu a amizade do revisor improvisado.

Cheguei à Abelha recomendado por uma colega de faculdade, agora doutora, próxima de Betânia. Ela sempre recorria a mim para revisar os textos dela. "Sua amiga me garantiu que você é o melhor", foi o que ouvi de Betânia, Lygia ao seu lado. Pela qualidade dos livros da Abelha, pela apresentação impecável do site, você tenderia a imaginar que ela tem uma equipe de editores, uma linha de produção. Mas, como te disse, Betânia cuida de todo o processo praticamente sozinha. Até da distribuição. Alguns livros saem tão bem-apresentados que dão o tombo em editora grande. Olha essa coleção aí, por exemplo, na estante, atrás de você. Fui eu que fiz a preparação. É uma série de poetas iniciantes, de vários cantos do mundo. Betânia mantém contato com gente de Buenos Aires, de Barcelona. De Berlim, de San Francisco, na Califórnia. Garimpa autores talentosos, mas desconhecidos, negocia a tradução quase de graça. Às vezes opta por uma tiragem pequena, contrata uma tipografia mecânica. Produziu coisas admiráveis assim.

Não acho que seja modismo, um lance que você poderia chamar de retrô, ou vintage, sei lá. Apesar de ser um pouco disso também. O caminho da editora é outro, ela conta muito com a tecnologia, com as redes sociais. Um esforço solitário, mas conectado. Betânia tem uma queda pelas coisas miúdas, na contramão do lucro. É claro que ela quer ganhar dinheiro, mas dentro de um certo limite, em escala menor. Existe um gesto ecológico na Abelha, uma tática de reação ao consumo, talvez. Betânia sabe disso. Outro dia, não faz muito tempo, apareceu um cara, um empresário com grana, da área de comunicação, disse que admirava os livros da editora, que queria investir no negócio. Foi até o escritório, esboçou uma proposta, queria um retorno financeiro a longo prazo. Segundo me disseram, Betânia botou o sujeito para correr, com sua costumeira objetividade. Não sei se a Abelha vai durar. Se crescer muito, acaba. É como se você precisasse ser pequeno para fazer bem-feito o que também é pequeno.

Podíamos ficar cada um no seu canto, Lygia e eu. Geralmente o revisor faz seu trabalho isolado, não dá notícia de quem vai bolar a capa ou diagramar. A situação ali, porém, era diferente. Betânia tinha nos repassado um material muito confuso, uma mistura de textos e imagens de todo tipo. Para transformar-se em livro, precisava antes ser entendido e organizado.

O projeto consistia numa espécie de pesquisa biográfica e ao mesmo tempo antropológica, se posso dizer assim. Uma série de dez histórias de estrangeiros que imigraram para Belo Horizonte a partir dos anos 1990. O próprio dono da ideia, o Lucas, um cara bem jovem, é descendente de imigrantes italianos. Ele começou entrevistando os avós e se interessou pelas gerações mais novas. Hoje somos amigos. Na época, ele tinha acabado de completar o doutorado, agora está envolvido com cinema. Pesquisou uma família de chineses recém-chegados, outra de indianos. Um músico do Marrocos, uma professora de Córdoba, na Argentina. Um casal de empresários de Lisboa. Dois caras da Síria. Um nigeriano. E outros mais. Parece que se deram bem por aqui, a maioria com alguma loja ou restaurante. Mas a questão era entender como tinham vindo parar numa cidade tão improvável e secundária, sem apelo econômico nem turístico. Um centro grande, com recursos, mas guardado atrás das montanhas. Elizabeth Bishop, a poeta, você sabe, morou vários anos em Ouro Preto. Numa carta para um amigo, em 1970, ela se refere a Belo Horizonte como "a cidade mais feia do mundo". Disse ainda que há muito poucas pessoas interessantes por aqui. A avaliação é injusta, claro, e os superlativos, mais ainda. Olhe ao redor, você vai concordar comigo. Tirando as chuvas de verão, aqui nada é demasiado. Nem feiura, nem beleza, nem sol. Nem diversão, nem trabalho. Talvez o álcool, mas este se equilibra com o tédio. Como já disseram, esta é uma cidade em que as coisas estão sempre prestes a acontecer.

Lucas tinha conseguido um patrocínio. Fez as entrevistas, revirou arquivos. Foi atrás de segredos, objetos de família, intimidades. Inclusive nos países de origem. Um trabalho brilhante, dá para dizer, mas ansioso. Isso pude ver na escrita, nas frases truncadas, nas transcrições afobadas dos depoimentos. Havia também um excesso de material. Betânia já havia feito com ele uma limpeza nos originais, mas era preciso classificar melhor, uniformizar. Relatos, crônicas, reportagens, correspondências. Retratos, mapas, gravuras. Além da voz do próprio Lucas, como narrador e comentarista. Seria bem mais do que uma revisão, era uma preparação complexa. Não dava para tratar imagens e textos separadamente, de modo seco. Precisávamos inventar uma lógica integrada. Então, pelo menos para iniciar, Lygia e eu decidimos ler aquilo juntos, um socorrendo o outro quando fosse preciso.

Nos reuníamos duas vezes por semana. Às terças e quintas, no escritório da Abelha. Eram os dias em que Lygia tinha tempo.

54

Nos outros ela dava aulas de arte, e em mais de uma escola, você deve saber. Quando eu chegava, o carro dela já estava estacionado na porta. Um Fusca azul 75, todo arrumado, inteiro. Íamos trabalhando por capítulo, de acordo com o acervo de cada biografado. Fizemos uma filtragem prévia dos papéis, separando-os por categoria. A narrativa, as entrevistas, os documentos etc. Então montávamos o quebra-cabeça. A gente sentava na mesa maior e discutia página por página, as combinações, os cortes. Só em seguida eu fazia a primeira revisão, antes de ela diagramar. Lembro que mexi em quase tudo. Reciclagem é coisa que um revisor aprende cedo, e eu estava acostumado com intervenções pesadas. Com o aval de Lygia, convertia comentário em pergunta, legenda em comentário, narrativa em nota. Falseava na medida do necessário. Sem alarde, para não assustar Betânia. Logo ganhamos a confiança dela. Depois, eu fazia uma segunda revisão, além de conferir a prova da gráfica. Me desdobrava em três.

Quando Lygia me mostrou a boneca colorida, com a arte-final dela, tive dificuldade de ver defeito. O refinamento visual às vezes me engana. Eu folheava as páginas, Lygia aguardava. Na cadeira de frente para mim. Com aquele olhar de canoa, sereno e cortante. Havia uma espécie de duelo silencioso entre nós, um tentando ver onde o outro teria falhado. Eu queria achar algo sobrando, mas os encaixes dela eram perfeitos. Pensava numa mudança de fonte, de espaço, não tinha coragem de sugerir. Qualquer palpite meu soaria medíocre. O que saía das mãos de Lygia era uma extensão natural de sua presença, chique, sutil, como se ela tivesse o dom natural das cores e das formas. Os trechos mal escritos, que mesmo depois de burilar eu continuava detestando, ficavam bonitos ao lado da imagem certa, ganhavam uma perspectiva inesperada. Um navio zarpando, por exemplo, dá jeito em uma nota insossa. O elefante no deserto redime um comentário sem graça. Uma frase sem nexo ganha sentido ao lado da máquina de costura, ou do bilhete de trem. Arranjos de escuro e sombra, contrastes, rodapés. Tudo o que é traço ou gravura afeta a pontuação, a semântica. Graças a Lygia aprendi a função sintática dos fantasmas — uma foto antiga é capaz de corrigir o que a gramática não alcança.

Hoje consigo perceber. Essas sessões com Lygia, por assim dizer, acabaram influenciando minha forma de revisar. Tardiamente, mas aconteceu. Fui me tornando mais flexível, descobri novos modos de ver as palavras. Afastei radicalismos estúpidos. Sofri um impacto estético generalizado, se você quer saber. Talvez eu tenha adquirido uma percepção arquitetônica da língua, algo de sua gravidade sonora, que antes me era apagada. E com efeitos colaterais. Resolvi, por exemplo, mudar a posição dos móveis do meu apartamento. Comprei quadros, um tapete vermelho, várias plantas. Nunca tinha ligado para decoração. Quanto a julgar o trabalho de Lygia, precisava de tempo, até passar o encanto anestésico, até eu ser capaz de inventar uma observação que não fosse vergonhosa. No fim ela fingia concordar, retocava o arquivo aberto no computador.

26. ΜΟΥΣΕΙΟΝ ΗΡΑΚΛΕΙΟΥ - ΑΚΡΟΒΑΤΗΣ ΕΞ ΕΛΕΦΑΝΤΟΣΤΟΥ (ΚΝΩΣΣΟΣ)
MUSEUM OF CANDIA - IVORY ACROBAT (KNOSSOS)

Ἐκδόσεις Τ.Δ.Α.Π.

Heraklion

É uma questão de ponto de vista. Ulisses, que está se afogando, recebe ajuda de uma deusa em forma de gaivota, Leucoteia. A deusa lhe dá um salva-vidas mágico, ele o amarra ao peito. Ulisses ainda precisa nadar muito, lutar contra tempestades para chegar à praia. Mas a aparição da gaivota é uma esperança, um sinal de que a costa está próxima. A deusa-gaivota depois desaparece no meio da espuma — deslizando. Hoje fiz uma longa caminhada por trilhas rochosas — até uma praia vazia. Em terra, a gente procura o céu o tempo todo, as gaivotas são a esperança do mar.

O livro dos imigrantes foi o primeiro. Uns seis meses editando. Logo surgiram outros. Para mim, pelo menos durante certo período, a Abelha funcionou como uma terapia. Desisti dos colegas da Imprensa, logo ninguém importava mais. Permaneci com as teses, que me rendiam uma grana, mas evitava encomendas de última hora. Quase não tinha contato com Vanessa. De vez em quando ela me telefonava, querendo notícias, especulando, sempre com a mesma voz pausada. Me dava algum conselho astral, de acordo com a efeméride do dia. Por questões políticas, me afastei de determinados amigos, outros se tornaram inimigos, a relação com parentes se envenenou. Você sabe o que significou o ano de 2019. Foi também nessa época que parei de ver televisão.

Agora estou morando num prediozinho antigo no bairro Funcionários, perto daqui. O apartamento é bem menor e mais escuro do que o que dividia com Vanessa. De fora, lembra uma sobreloja, tem uma marquise abaixo da janela da sala. O ponto é fabuloso. Lá se vão quatro anos, ainda não consegui abrir todas as caixas da mudança. A maioria, livros. Mas já me sinto mais leve. Estou até pensando em comprar um ar-condicionado. Espalhei abajures por todo lado, à noite ando com dificuldades de enxergar. Morar na área central ajuda a espantar os maus pensamentos. Para ir à editora, caminho até o parque, uns cinco quarteirões, tomo o ônibus para o bairro. É uma disciplina restauradora. O ônibus atravessa o viaduto, você contempla a cidade, tem a sensação de vagar por uma clínica de repouso. Um exercício letárgico, cinzento, herdado da era dos bondes. Uma forma inconsciente de perpetuar a burocracia. Os ônibus aqui têm esta propriedade: conservam dentro da cabine um tempo primordial. Em Paris, você sabe, é o metrô. Em Nova York são os táxis. Em Belo Horizonte, são os ônibus. São eles que mostram como seguimos: mornos, desencorajados, cobertos de fuligem. A melancolia viária é um patrimônio imaterial da cidade.

De vez em quando Betânia convocava uma reunião. Ela, Lygia e eu. Depois do problema com o catálogo, ela havia ficado obcecada com os erros, queria verificar tudo. Vinha com o laptop debaixo do braço, engatava na tomada, disparava o interrogatório. "Migrância, migrância, vamos ver… mil e seiscentas ocorrências. Migração, vinte e quatro milhões. Por que migrância e não migração?", perguntava. Deitava os dedos no teclado, tamborilando. Exigia resposta fundamentada. "Emigrante, imigrante, refugiado, exilado, nômade, deslocado." O léxico inteiro. Os sinônimos do *Houaiss*, os termos coloquiais do *Aurélio*. Discutia também as formas variantes — as clássicas. "Cota ou quota. Catorze, quatorze, por que cotidiano e não quotidiano?… É infarto ou enfarto?" Betânia prefere as decisões quantitativas, com base nos números da internet. "Aforismo perde para aforisma. Seis milhões contra um milhão." Mas "aforisma" é uma palavra italiana, Betânia, em português é "aforismo", eu tinha que estar pronto para retrucar. "Relevar" significa "salientar". Mas significa também seu contrário, que é "atenuar". Sim, o nome disso é contrônimo, em inglês há vários. "Comentar sobre" eu tirava. "Conceber que" também. Ela protestava, me chamava de careta. Ainda chama. Uma guerra injusta essa, do Google contra mim. Se a revisão era de um livro traduzido, o processo se complicava, o tradutor vinha para a zona de tiro. Gosto de rever textos traduzidos, se você quer saber. Se são poemas, melhor ainda. Território obscuro, mais distante da lei. Você sai um pouco de órbita, é uma forma de desintoxicar. As pessoas esperam que o revisor seja um policial da língua, armado para barrar qualquer excentricidade. Mas não é assim que funciona. O revisor não é um patrulheiro. Ele precisa vigiar, mas precisa também acolher, evitar conflitos bruscos. Domesticar o estrangeiro, ao mesmo tempo deixá-lo à vontade com suas pequenas selvagerias. Se acho algo muito estranho, marco. É Betânia quem discute com o tradutor, mantém as rédeas. Uma vez, me lembro, foi numa das primeiras reuniões que tivemos, Betânia cismou com o caso de uma tradutora executada na Coreia do Norte, por ter cometido um erro numa negociação com os Estados Unidos. Até hoje ela ameaça a gente com essa história.

Era comum uma reunião durar a tarde inteira, dependendo da disposição de Betânia. Eu olhava para o lado, Lygia estava rabiscando alguma coisa, um vestido, um sapato. De vez em quando ela esquecia o bloquinho em cima da mesa. Desenhos pela metade. Enchia folhas inteiras, e Betânia grudada no laptop. Até que o ruído do trem das seis entrava pela janela, ia crescendo, chacoalhava as canetas e os clipes. Era o sinal para ir embora. Não dá para descartar o papel desse trem no resultado da edição.

Sim, uso frequentemente a internet. Consulto dicionários, enciclopédias, arquivos, museus. Mas Betânia, se você quer saber, parece ter ultrapassado o ponto de retorno. É como se ela já não pudesse agir sem conexão com a rede, como se dependesse de um HD externo para funcionar. No fim das contas, estamos indo todos para esse caminho, desejo que reste alguém em terra firme para nos resgatar. Se eu acatar toda informação que sai do Google, digo a Betânia, chegará um momento em que não falarei mais uma língua, mas o eco de uma língua. E a sintaxe será robótica, o léxico, esdrúxulo, repetitivo, aproveitável talvez como experimento poético, não como recurso humano de comunicação. Pode ser exagero, mas imagino um novo modo de convivência e de evolução das línguas, um novo paradigma filológico. Penso na corrupção dos idiomas, por exemplo, que sempre aconteceu. Essa corrupção se daria não mais pelo avanço de um povo sobre outro, de uma cultura sobre a outra, como fizeram os romanos na Ibéria, mas pela disseminação gradual, quase imperceptível, das regras de uma linguagem artificial. Imagine o sotaque dos algoritmos se impondo sobre as línguas naturais. Tenho lido textos que já soam assim. Avançam aos pulos, monossêmicos, capengando. Às vezes ligo o rádio, o locutor está falando, me parece um tradutor automático. Um sintagma mal engatado no outro, como as peças incongruentes de um Lego. Digo isso a Betânia, ela me chama de retrógrado, de alarmista. Diz que a inteligência artificial produzirá línguas mais ricas do que jamais pudemos imaginar. Que criará sons raros e lindos. Que poderemos aprender acádio, sânscrito, copta, idiomas de todas as épocas e lugares, recuperar línguas mortas, indígenas, fundi-las, rasgá-las, fazer maravilhas faladas e escritas. Talvez ela tenha razão, talvez eu tenha também. Pode ser que o mundo visto por ela já esteja dividindo espaço com o meu.

Foi Lucas quem nos apresentou Ibra, o nigeriano, um dos biografados do livro. Seu nome de verdade é Ibrahim, mas a gente só o chamava de Ibra. Sempre rolou um fascínio em torno da vida dele, de suas histórias, principalmente das passagens mantidas em silêncio. Consta que Ibra saiu da Nigéria depois de ter perdido os pais em circunstâncias trágicas. Sem dúvida era uma família abastada, tinham um negócio de obras de arte com o mercado europeu. Ibra passou alguns meses em Londres, migrou para a Itália. Foi em Roma que conheceu Alice, a mulher que o arrastou para Belo Horizonte. Alice é publicitária, uma profissional requisitada. A certa altura tornou-se amiga de Lygia, frequentou a casa dela. Mais de uma vez ouvi a própria Alice contar como conheceu Ibra, na fila de entrada da Galeria Borghese. Ficaram três ou quatro anos juntos. Não faz muito tempo que Ibra decidiu retornar para Lagos.

Ibra é uma dessas pessoas que passam pela vida das outras como um cometa, enfeitam o céu e depois somem. Um sujeito culto, fluente em várias línguas, nunca demonstrou arrogância.

Conhecia um punhado de estrangeiros. Um cara com imensa energia e curiosidade. Do tipo desbravador, que prova qualquer iguaria na feira. Quando desembarcou na cidade com Alice, falando meia dúzia de frases em português, abriu uma pequena livraria de importados, nos fundos de uma galeria na Savassi. O negócio não decolou, ele acabou organizando um saldão para diminuir o prejuízo. Comprei coisa boa nesse dia. Alguns meses depois ele montou uma galeria de arte africana. O lugar virou ponto de encontro de artistas, arquitetos. E de estrangeiros em trânsito, quase sempre interessados em visitar Inhotim e Ouro Preto.

Foi inesquecível a tarde em que Lucas levou Ibra à sede da Abelha. Para apresentá-lo, bater um papo. Era um dos principais personagens do seu livro, afinal. Alguém abriu um vinho, Betânia desligou o laptop, entramos pela noite conversando. Sobre viagens, desertos, maravilhas. Desastres. O papo saltou da África para o Oriente, para a Turquia, desembocou nos gregos. Ibra perguntou se havia gregos em Belo Horizonte, o livro não dava um capítulo para eles. Nessa hora, me lembro, fiz um comentário sobre um ensaio bacana que acabara de ler. "A respeito de um copista grego", eu disse, "de uma exposição sobre ele em Paris."

Plaka

Tarde à beira-mar. Pedras, barcos, banhistas. Palmeiras ances-
trais. Cheguei bem cedo, ela já estava lá, na barraca ao lado.
Óculos escuros, cabelos até a cintura, o livro aberto nas mãos. O
sol é intenso, a ilha termina aqui. Saio para andar, me refresco.
Ela continua quieta, lendo o livro. Desenho uma concha, várias
conchas, um siri. Tento chamar a atenção da mulher, quem sabe
descubro que livro é. O céu vai ficando lilás, recolho minhas coisas, ando pela orla. Dou uma olhadinha para trás, ela não se me-
xeu, apenas lê. As luzes da barraca se acendem, a madrugada vai
correr, amanhã ela ainda estará ali, com seu livro no colo, o sol
brilhando de novo. Vários dias se passarão, semanas. Em algum
momento, a maresia e a areia calcificarão sua pele, escamas co-
brirão suas pernas. Uma cauda vai surgir, dourada, esmeralda.
Terminada a leitura, seu destino será jogar-se na areia, ir arrastando-
-se para o mar. Dizem que as sereias são assim, detêm todo o conhecimento do mundo.

Ontem mesmo recebi uma mensagem de Vanessa. Para me relatar outro de seus sonhos, demonstrar o cuidado que ainda tem comigo. Não acredito nesses presságios, como te disse. Às vezes também não desacredito. Talvez a separação tenha precipitado nela uma intuição mais aguçada em relação a mim, possível só com o distanciamento. Vanessa agora me enxerga de outro ângulo. Umas semanas atrás fui visitá-la na Biblioteca Pública. O convite partiu dela. Queria me mostrar o setor de livros raros, o que ela chefia. Uma desculpa, na verdade, para a gente se rever, tentar quem sabe uma amizade mínima depois do naufrágio. Frequentei muito a biblioteca na adolescência, e mesmo depois que entrei na faculdade. Foi lá, inclusive, que nos conhecemos, numa época improvável, quando eu já estava quase me formando, com dois anos de atraso, depois de algumas incursões na faculdade de história.

Era um trabalho de conclusão de curso. Nenhuma biblioteca da universidade tinha o livro que eu precisava. A estadual tinha. Retirei o volume por empréstimo, não devolvi no prazo estipulado. A moça do atendimento me mandou uma carta de cobrança, e foi para ela que paguei a multa — Vanessa, estagiária de biblioteconomia, cara de menina no crachá. Falava com mansidão, piscava lentamente. Era lindo vê-la piscar. Passou a me dar dicas insólitas de leitura.

Nunca tive muita grana para comprar livros. Em casa, nos tempos de colégio, era só um trio de dicionários comidos de traças, herança da minha avó, e uma coleção de livros infantis. Aos poucos fui aprendendo a vasculhar sebos. Enchia a sacola em bancas do Maletta, no centro. Não existiam lojas on-line. Para te dizer a verdade, não sou do tipo que tem apego material aos livros. Gosto de emprestar e de pegar emprestado. Se leio um romance que me agrada, procuro alguém para passá-lo adiante. Claro que, com o tempo, montei meu próprio acervo, considerável mas não excessivo, a não ser pelos dicionários e gramáticas, dezenas, necessidade do ofício. Tem um bocado de ficção na parede da minha sala. Ingleses, americanos, argentinos. Poesia e filosofia também. E coisas de ciência e história, que sempre me atraíram. O convívio com Vanessa apurou meu faro literário, o interesse por assuntos que antes mal cogitava.

No dia em que fui rever Vanessa, a biblioteca tinha acabado de receber um presente. A coleção doada por um bibliófilo local, com a condição de a designarem com seu nome quando viesse a falecer. Havia uma euforia maldisfarçada nos corredores. Não apenas pela raridade dos volumes, mas pelos temas. Vanessa me puxou para uma salinha reservada, da janela dava para ver as curvas do prédio — que foi projetado pelo Niemeyer, você sabe. Entre as obras doadas, ela separou algumas, pôs em cima da mesa. Impressões dos séculos XVII, XVIII. Lembro de um texto em espanhol, todo rasurado. Eram cortes feitos por algum inquisidor. Com o tempo, os borrões esmaeceram, as letras emergiram novamente, legíveis.

Vanessa ia me mostrando. "Olha esse livro aqui", ela disse, com excitação. Capa de couro amarelado, sujo, título em francês. *La Magie naturelle*, de Giambattista della Porta. "A primeira edição é de meados do século XVI", ela disse. A da biblioteca era de mil seiscentos e pouco. O ex-proprietário arrematara o exemplar num leilão. Uma raridade. A gente passou um tempo ali, lendo os títulos. "Da comunicação mútua das coisas". "De como ver as estrelas de dia". "Dos remédios do chumbo". "Para fazer um dragão voador". Ímãs, espelhos, licores, venenos. Não por acaso aquele compêndio tinha caído nas suas mãos, Vanessa acreditava. Quando penso nesse livro, na abordagem meio científica, meio mística que ele tem, me lembro do que você escreveu. Seria um bom catálogo de obras contemporâneas.

Quando vivíamos juntos, era comum Vanessa acordar com uma história fresca na cabeça. "Hoje sonhei que voava entre os prédios", dizia, antes de abrir os olhos. "Hoje sonhei que era perseguida, que me cercavam. Impulsionei o corpo para cima e fugi voando." Ou: "Essa noite sobrevoei a lagoa da Pampulha, triscando na água, foi muito real". E por aí vai. Com direito a saltos para fora da Terra e voos cósmicos. Vez por outra tinha algum terremoto, não sei como ela podia descansar. Eram sonhos simples, com poucos elementos. Na maioria, sonhos aéreos. Eu, que sonho pouco ou nada, gostava de ouvir. Naquele dia na biblioteca, quando minha visita acabou, fomos caminhando juntos pela praça, ela me acompanhou até o ponto. "Comecei a sonhar com água", ela disse, como se pensasse alto, enquanto aguardávamos o ônibus. "E você está sempre no sonho. Um porto, um cais, e você está lá, com os pés na água. Às vezes parece que a maré vai subir."

Lygia sempre demonstrou predileção por séries, você sabe. Escolhe um tema, faz experiências, vai nascendo o conjunto. Um processo espontâneo, suponho. Foi assim com os balões, os sapatos, as cadeiras. O catálogo de pássaros, que todo mundo adorou, as mulheres de sombrinha. Teve também a série das bailarinas, a dos barcos. Com aquarela, lápis, com sanguínea. Não me lembro de nada com acrílica.

Ouvi várias vezes as pessoas comentando: "São estranhos". Mas não sabiam por quê. Ou: "São sedutores". Mas não sabiam por quê. De modo geral, é essa a reação que os desenhos dela provocam. São comuns e ao mesmo tempo enigmáticos, beirando o sinistro, mas ninguém sabe dizer exatamente por quê. Se eu pudesse opinar, diria que tem a ver com a sombra. Tem sempre uma sombra falsa nos desenhos de Lygia, às vezes um falso reflexo. Um detalhe discreto, contrário às leis da óptica, escamoteado. A série das bailarinas, por exemplo. Parece que cada desenho aponta para uma dimensão remota além dele. Um mundo intangível, que poderia ser música ou movimento, uma plateia, ou outra bailarina — um duplo da que podemos ver. Há uma presença que ronda o desenho, mas você não consegue localizá-la. O que provoca essa sensação? Lygia sabe esconder o artifício.

Devo ter ido a dois ou três bazares. Pelo menos uma vez por semestre acontecia um. No apartamento dela, no quintal da Abelha, em alguma galeria. Era quase sempre o mesmo pessoal que comparecia, um grupo restrito de amigos e convidados. Em algum momento, Ibra começou a levar uns gringos de fora do círculo. Com seu sotaque misturado, ele alardeava — sem ironia — que Lygia era a melhor ilustradora do país, que em breve estaria "lecionando em Milão". Eu chegava atrasado, não encontrava desenho nenhum. Eram poucos, é verdade, e ela cobrava menos do que valiam. Lygia é exigente demais, tem esboços que nunca mostrou para ninguém. Quando chega a expor, é porque já superou toda a hesitação.

A série dos sapatos foi disputada a tapa. Sabe qual é? Desenhos de sapatos femininos, um ou vários, descansando ou em ação, nos pés. Na faixa de pedestres, tocando uma poça d'água, na vitrine, dentro do armário. Um crítico de arte de São Paulo, de passagem por Belo Horizonte, foi visitá-la. Numa modesta galeria da Serra. Duas semanas depois publicou um artigo numa revista on-line. Entre vários comentários, ele afirmava que, além do tema, as ilustrações tinham em comum certo traço desviante. Um calcanhar levantado, por exemplo, a rapidez de uma pegada, o pedaço lascado de um salto. Seria algo trivial, mas, na lógica dos desenhos, criava um efeito notável de deslocamento, como se em cada imagem estivesse sempre anotada a hipótese de partir. "Uma assinatura da ansiedade", ele disse. "A ansiedade incrustada no silêncio." Um texto curto, mas certeiro — por motivos que ele certamente ignora. Para mim, era como se ele estivesse falando da própria Lygia sem nunca tê-la conhecido.

Se quisesse, Lygia não passaria por dificuldades financeiras. Quem a vê por aí, dirigindo Fusca e economizando na cerveja, não imagina a grana que a mãe tem. Sempre fez questão de sobreviver por conta própria, com suas aulas, desenhando. Sei que levou vários canos e ficou quieta, as pessoas às vezes abusam de sua inibição. Alguém pode dizer que é uma postura de dignidade, ou, por outro lado, um jeito de expiar a culpa burguesa. Para mim, é como se ela vivesse em um filme. Num tipo de profundidade que não sai da superfície. Ela, Lucas, e outros da turma, da mesma geração. Vivem como personagens de cinema, trabalham e namoram como personagens de cinema. Sem exasperar-se, sem dor. Num estado de permanente encenação. Nunca disse isso a Lygia. Acho que eles inventaram um jeito de proteger-se das desgraças do mundo, apesar de não ignorá-las. Não consigo fazer esse papel.

Um dia foi à Abelha uma amiga de Betânia, a Cris, junto com a filha. Era uma visita à toa. Betânia circulou com as duas pela casa, exibindo os livros e as plantas. Lygia e eu entramos na hora do lanche. A filha devia ter uns catorze ou quinze anos. Usava uma camiseta preta, de grife, com a estampa colorida de um balão. Lygia logo demonstrou curiosidade, perguntou onde ela havia comprado a peça. "É de uma coleção linda", a menina respondeu. E citou a marca, um nome nacional. "Custou caríssimo", Cris completou.

Algum tempo depois entendi a situação. O desenho, Betânia me disse, era obra de Lygia. Uma encomenda de várias estampas para um lançamento de primavera. O cachê que ela recebeu, porém, não pagava uma camiseta.

Saíamos quase sempre juntos da Abelha, Lygia me dava carona. No começo, acho até que ela não gostava muito. Desconfiança minha. Dirigia calada, um pouco impaciente, como se o volante a impedisse de conversar. Era uma frieza inesperada para duas pessoas que tinham passado a tarde inteira na mesma mesa de trabalho. Cheguei a pensar que Lygia me desprezava, quem sabe apenas me suportasse, seria a diferença de idade, os mais de dez anos que me separavam dela. Dez anos que, na verdade, significariam pouco se não tivessem decorrido entre o meio dos anos 1970, quando nasci, e o fim da década de 1980, a dela, se não houvesse uma revolução tecnológica entre nós. Então eu era aquele idiota que ficava lembrando das propagandas de Bombril. Um cara da geração X com dificuldade de se comunicar com uma mulher da geração Y. Vanessa certamente não endossaria esse raciocínio. "Seu Sol em Gêmeos derrete qualquer muro", ela diria. Mas como lidar com uma desenhista da era digital, que, para complicar, era libriana com ascendente em Escorpião?

Numa dessas caronas, o pneu do Fusca furou. Na praça Tiradentes, perto da minha rua. Não tenho carro, nem sequer carteira de habilitação. Nunca troquei um pneu na vida. Descemos, Lygia abriu o capô, ajudei-a a tirar o estepe. Calçamos as rodas, afrouxamos os parafusos. Foi meia hora para conseguir engatar o macaco. Uns taxistas vieram oferecer ajuda, ela mal respondeu. No fim, deu certo, ficamos orgulhosos do esforço em dupla. O estepe já rodando, lembrei-a de uma borracharia próxima, na região dos hospitais, aonde tinha ido uma vez consertar a roda da minha bicicleta.

"Conheço bem esse lugar", ela disse, olhando para mim com ar de superioridade. E arrancou pela avenida, o suor escorrendo no rosto.

São duas borracharias, para ser exato. Uma colada na outra, entre um boteco e um posto de gasolina. Estão ali há uns quarenta anos, pelo menos. No quarteirão oposto, tem um colégio centenário, de padres, um prédio com ares de Paris. A avenida é das mais arborizadas da cidade, praticamente uma praça, com um calçadão central e uma via estreita de cada lado. Muita gente caminha ali à noite, é também ponto de encontro de ciclistas. Às sextas, acontece uma feira de flores. Aos sábados, uma feira de comida.

O motorista chega, encosta o carro no meio-fio, o mecânico se aproxima. Parece um box de Fórmula 1. Era um fim de tarde bonito, me lembro, aquela luz transversal de outono. Para esperar o serviço, assentamos num banco de cimento diante da oficina. Lygia tirou um bloco da bolsa, um lápis. Sem falar nada, começou a rabiscar.

"Não repare", ela disse, depois de uns minutos. "Tenho esse vício. Se espero, preciso ocupar as mãos."

Em geral não há grande movimento no calçadão. A sirene do colégio ainda não tinha tocado.

"Foi aqui que fiz meus primeiros exercícios de desenho", ela disse. "Aqui, debaixo dessas árvores."

Às vezes ela se virava, ficava observando o portão do colégio atrás de nós. Uma pessoa mais jovem do que eu contando coisas de sua infância. Sempre achei esquisita essa ideia.

"Até pouco tempo", ela continuou, "tinha uma espécie de parquinho aqui, um escorregador, um balanço. Onde puseram essa estátua." A área não fazia parte da minha memória.

"Terminada a aula", ela disse, "eu escapava para cá com as outras meninas, enquanto meu pai não vinha. Do portão, a zeladora não tirava o olho da gente. Foi nesse colégio que estudei."

Arnaldo, o pai dela, lecionava perto dali. Era ele quem a buscava.

"Minhas colegas gostavam de correr", ela disse. "Eu preferia assentar no pé de um desses fícus e desenhar."

Uma porta de aço, uma rampa de cimento. Na parede dos fundos, um calendário, calotas, um relógio quebrado. Placas e chaves de roda. No chão, pneus de todo tipo, cones. Uma banheira suja. Ainda é o que se vê. O cenário de uma borracharia deve ser dos mais resistentes ao tempo.

"Achava chique desenhar peças de oficina", ela disse. "Me dava a ilusão de domínio técnico, matemático. Mas eu gostava mais dos uniformes, dos macacões dos mecânicos. Eu falava muito séria para as minhas amigas que, no futuro, daria uma contribuição fashion para a classe operária. Tinha roubado a frase do meu pai."

Eu só escutava. De vez em quando ela desviava o olhar para a esquina, para as copas das árvores, como se mapeasse a luz. Sem parar de rabiscar. E a mão corria mais veloz quando ela começava a falar.

"'Onde está meu desenho?' Era essa a primeira pergunta que meu pai fazia, já com o braço no meu ombro, quando aparecia para me levar", ela disse. "Era uma maneira de me distrair, de evitar que eu me queixasse dos seus atrasos."

O desejo do pai, ao que parece, era mesmo que Lygia estudasse belas-artes. Arquitetura, talvez. "Mas foi preciso passar um ano na faculdade de direito", ela disse, "para sacar que meu pai tinha razão."

O conserto do pneu não demorou, mas aquela tarde, sei lá por quê, dura até hoje na minha cabeça. Chamei Lygia para uma cerveja, ela propôs outro dia.

Já estava indo embora quando ela me gritou de dentro do Fusca.

"Lembrança de um pneu furado", disse, sorrindo, com o braço para fora da janela. Me entregou o papel com o desenho. Uma menina de vestido curto, inclinada sobre a banheira, a ponta da botinha apoiada no chão. O instante em que o mecânico verifica o pneu, buscando o furo na borracha.

Cnossos

A âncora é uma homenagem a ela, foi encontrada no labirinto. A senhora da vida, da imortalidade. Deusa da terra, do mar. A dama da ilha. *Potnia*. É citada em textos muito antigos, ainda sem decifração. Seus seguidores lhe oferecem serpentes, conchas, peixes que voam. E essa âncora sagrada, com o polvo esculpido nela. O polvo de pedra abraça a pedra, a deusa é rainha e amante do mar. É Ártemis, é Piktyna, é a parceira de Posêidon. O polvo serve à deusa, empresta a ela seus tentáculos. Está em jarras e potes de cerâmica, em braceletes, tiaras. Um diadema tem a deusa no centro, um polvo de cada lado. Saio do museu impregnada, a deusa se espalha nos sonhos das mulheres, séculos a fio, são muitos os seus disfarces. Ela é o próprio labirinto.

Tínhamos ido a um restaurante natural. Uma vez por semana eu almoçava lá, para desintoxicar. Era um ambiente agradável, uma vila de casas improvável bem no centro da cidade. Pena que fechou. Já havíamos comido, estávamos naquele chazinho da digestão, caminhando para o portão de saída.

"O copista não existiria sem a filha", Lygia disse, do nada, com o copinho quente na mão.

"Copista?", perguntei, sem entender. "Que copista?"

Para ser sincero, nem me lembrava mais do artigo que você, F. C., escreveu. Fazia meses que o havia lido. Uma leitura saborosa, sim, mas tinha ficado para trás. Como te disse, mencionei a publicação aquela tarde na editora, e só.

Na surdina, seguindo a minha indicação, Lygia tinha lido e relido o texto, estava com tudo fresco na cabeça. As informações, as datas, os nomes. E não parava de pensar em um detalhe, ela me disse. Numa figura que a havia intrigado, e que você citava

81

rapidamente: a filha de Ângelo Vergécio. A suposta filha que teria ilustrado os manuscritos do cretense. Na minha leitura, confesso, era algo que tinha ficado em segundo plano. Sim, ela me contou as impressões que teve. Que o excesso de informações a havia incomodado um pouco, por exemplo. Mas que o arranjo prendia o leitor, que o modo de desdobrar as ideias era engenhoso. "Timidamente pretensioso", foi a expressão que ela usou. O texto se apresenta como resenha. Mas há nele uma ambição velada, acadêmica talvez, que o autor se recusa a assumir. Concorda? Acho uma boa técnica. Diante de um tema que você não domina, e que pode exigir certo grau de especialização, proteger-se atrás da figura do leigo curioso, mas sem compromisso teórico. Penso no Italo Calvino, nos artigos que ele escreveu de Paris para um periódico romano, nos anos 1970, se não me engano. Mapas, epígrafes, dragões... Talvez haja algo em comum entre vocês dois.

A atração que seu texto exerceu sobre Lygia não foi propriamente estética. Nem literária, no sentido estrito do termo. Desde o início, o fascínio dela foi pela ilustradora, pelo enigma em torno da ilustradora. Teria de fato existido? Como seria sua aparência? Teria deixado algum desenho assinado, ou com algum sinal de autoria? "Essa menina tem uma importância maior do que parece. Sem ela, o pai não existiria", Lygia disse. "Não haveria interesse por Vergécio, ele não seria o copista do século. Afinal, de que valem os manuscritos sem as iluminuras?"

Que eu me lembre, em nenhum momento Lygia fez referência a você, o autor, nem a livros seus. Ela foi fisgada por uma pergunta, essa pergunta a lançou para fora do texto. Às vezes acho que o bom texto é mesmo esse, o que te impele para outros lugares. O bom livro não segura, solta.

Você despencou de Paris até aqui para falar comigo. Uma boa dose de delírio deve ter te empurrado. Veio atrás de um romance, de uma inspiração. Sem extravagância não se cria nada, não é? Não sou muito adepto de encontros com autores. Não cultivo esse fetiche, acho um risco para quem lê. Da vida dos autores não me interessa nada que não esteja devidamente triturado e irreconhecível dentro de suas ficções. Por isso não frequento redes sociais. Se o leitor chega perto demais de um autor, sua liberdade já está comprometida.

Para comemorar o aniversário de dez anos da editora, Betânia pediu a Lygia que bolasse uma logomarca nova. Antes, a logo da Abelha era o próprio nome estilizado, as letras moldadas com a geometria de um favo de mel. Correta, mas besta. Betânia queria um selo menos óbvio, e que tivesse algumas variações.

Lygia fez meia dúzia de esboços, Betânia e eu demos palpites. Lygia tinha optado por uma perspectiva mais abstrata, formas que de algum modo evocassem a figura da abelha, porém sem metáforas: a pelugem, as asas, os olhos. No fim, a logo que prevaleceu foi inspirada em um achado meu na internet. Uma ilustração científica do século XVII.

Se você não sabe, foi de uma abelha o primeiro desenho impresso com base no olhar de um microscópio. O autor era um desses caras que se interessam por tudo, matemática, literatura, astronomia, leis. Um polímata, para usar a palavra certa. Francesco Stelluti, que hoje é nome de rua em Roma. Ele se correspondia com Galileu, os dois pertenciam à mesma academia de ciências, a primeira da era moderna. Se você procurar na internet, vai achar facilmente a imagem. Saiu publicada em livro em 1630, se não me falha a memória. Um trio de abelhas em tamanho seis vezes maior que o natural. De frente, de lado, de dorso, e ainda alguns pedaços destacados do corpo. Dá para ver detalhes das antenas e das patas. A forma alienígena da cabeça, o gradeado dos olhos. Vendo a página do desenho isolada do resto do livro, a sensação é de que seja parte de um tratado científico, de história natural. Entretanto, pulando para a página seguinte, o que você acha são os versos de um poema satírico, de autoria de Perseu Flaco, traduzidos para o italiano pelo próprio Stelluti. Um verbete de enciclopédia dentro de um compêndio literário.

Perseu Flaco viveu no século I em Roma. Foi contemporâneo de Juvenal e de Marciano, e de Nero, o imperador. De sua obra, parece, restaram apenas as sátiras, o resto foi queimado por um amigo, a pedido dele próprio. A edição de Stelluti certamente veio no bojo da redescoberta de autores clássicos durante o Renascimento. O livro é dedicado ao cardeal Francesco Barberini, bibliotecário da Santa Sé e sobrinho de Maffeo Barberini — o futuro papa Urbano VIII.

Durante séculos, se você quer saber, a família Barberini teve um emblema não muito charmoso, que correspondia ao seu nome original, os Tafani da Vila de Barberino, na Toscana. *Tafani*, em italiano, seria uma espécie de mosca de gado, a nossa mutuca, de modo que um triângulo de mutucas é o escudo que ainda se vê na parede da casa de Urbano VIII em Florença.

Foi só mais tarde, quando migraram para Roma, que os Barberini substituíram as moscas pelas abelhas. Uma espécie mais condizente, claro, com a nobreza, símbolo de fertilidade, de conhecimento, de trabalho. As abelhas papais aparecem no frontispício do livro editado por Stelluti, são uma deferência ao patrocinador. Já o encarte do desenho no meio do livro é um recurso forçado. Não faria nenhum sentido, se não fosse o propósito do editor de chamar a atenção dos poderosos para um projeto mais ambicioso — a confecção de uma enciclopédia científica. Provavelmente, Stelluti queria unir o útil ao agradável.

O selo que você vê hoje nos livros da Abelha, posso dizer, faz parte dessa história. Pelo menos, de um ramo modesto dela. Lygia acabou usando os olhos da abelha, a de Stelluti, como o elemento-chave da logo. A abelha tem um par de olhos compostos, cada um com milhares de facetas hexagonais. Lygia aproveitou a geometria deles nesse mosaico. Os olhos da abelha do ponto de vista da própria abelha. Não é todo mundo que percebe. O que você vê? Três abelhas ou uma só, observada de ângulos diferentes? O desenho de Stelluti, do ponto de vista da ciência, atestou a força de um método. Foi uma novidade, uma maravilha. Do ponto de vista da religião, ou do papado, funcionou como um timbre, a marca oficial do poder. Do ponto de vista da literatura, talvez se pudesse dizer que foi um aceno póstumo do acaso, a homenagem a um poeta esquecido, e a um certo tipo de ironia. No cruzamento desses pontos de vista, gosto da ideia de que a abelha de Stelluti foi o primeiro ente a saltar da fábula para o livro impresso, o primeiro a ingressar na era moderna. Mais do que isso, teria um papel na história dos próprios pontos de vista — ou da leitura. Lygia dá essa sobrevida ao trabalho dele. As abelhas, como os microscópios e os livros, são responsáveis por mudar a escala da nossa imaginação.

Era um grupo de amigos, gostavam de se reunir, cada vez na casa de um. Pessoas refinadas, muito educadas, vaidosas também. E fechadas no próprio círculo. Provavelmente ainda se encontram, não tenho mais notícia. Tinha arquiteto, músico, chef de cozinha, fotógrafo. Gente do teatro, do cinema, da dança. Gente com exposição no Palácio das Artes, lançando livro, espetáculo. O apartamento de Lygia era o preferido. Alguém se oferecia para cozinhar, ela cedia o espaço. Aos sábados, durante o dia. Ficavam lá, bebendo, formulando teses. Acho que eu era o único de fora da bolha.

Foi nessas festinhas que comecei a frequentar a casa de Lygia, deixei de ser apenas um parceiro de trabalho. Me sentia um tanto deslocado, afinal não tinha ganhado prêmio, não dava entrevistas, nunca assinei nenhuma obra criativa. Um simples anônimo, com sua roupa barata e fora de moda. Quando dizia que era revisor de textos, ninguém reagia, era como se faltasse alguma coisa, e eu fosse o habitante de um mundo oco, sem vida. Para ajudar, Lygia me apresentava como seu revisor preferido. E fazia propaganda. "Estou viciada nos seus riscos", dizia para a roda, olhando para mim, em tom de gozação.

Ibra era uma aquisição recente. Lygia e ele tinham se aproximado muito rápido. Se você fosse à galeria do Ibra, ia ver na parede alguns desenhos dela, dividindo espaço com os de artistas da Nigéria, de Costa do Marfim, de Gana. Desde o início ele se mostrou impressionado pelo trabalho de Lygia. Cheguei até a desconfiar do entusiasmo, mas era legítimo. Os dois acertaram que ela faria séries exclusivas para ele, e ele as divulgaria inclusive fora do país. Era uma maneira de conectá-la com o circuito internacional. Sei que de vez em quando Ibra recebia a visita de algum marchand importante. Foi o caso de Helen Brait, uma curadora de arte em Nova York. Nome das altas. Tinha vindo conhecer o museu de Inhotim, fez questão de ver Lygia. Levou todos os desenhos que achou.

Era o apartamento dos pais, o mesmo em que moravam antes de se mudarem para a Bahia. Um apartamento aberto, com um jardim interno, no térreo de um prédio pequeno, em estilo modernista. As janelas dos cômodos davam para a área externa, a diversão acontecia ao ar livre. Entrava um solzinho morno, filtrado pelas plantas e pelos outros prédios. O quarto dos fundos tinha virado um ateliê. Eu costumava encostar um banco alto diante da janela, na sala. Pegava uma bebida e uma revista, fingia que estava folheando as matérias. Dali ficava espiando o movimento do lado de fora. Alguém passava em direção ao banheiro, me dava um sorrisinho. Na sala tinha um baú de vinis, uma vitrola antiga. Poucos móveis, muitas almofadas. Um remo pataxó e duas zarabatanas na parede. Quando queriam provocar Lygia, diziam que ela era rica metida a pobre.

Ao contrário de mim, Ibra se enturmou sem esforço. Formavam um grupinho em torno dele, ele tinha sempre uma história diferente ou extraordinária para contar. Com um português suado, que servia para dar à narrativa certo ar de verdade. O dia em que naufragou no canal da Mancha num barco de passeio. O dia em que se escondeu num bueiro para escapar de mafiosos em Lagos. De quando foi confundido, no aeroporto de Madri, com um traficante de pedras preciosas homônimo seu, e ficou três dias detido e sem comunicação. O ano que passou em Zanzibar, na costa da Tanzânia, acompanhando a namorada, uma bióloga inglesa dedicada à pesquisa do leopardo-de-zanzibar, animal supostamente extinto. O dia em que descobriu, por acaso, durante um jantar na casa de uma amiga em Roma, um quadro desconhecido de Ben Enwonwu, que é um dos artistas mais destacados da Nigéria.

Era como um personagem das *Mil e uma noites*. E os ouvintes ficavam extasiados, com a sensação de concretude nas palavras, de saber em primeira mão. Afinal, quem tem hoje histórias para contar, que não sejam as de outros? Quem ainda tem alguma experiência para narrar, que não seja uma banalidade, a repetição estúpida do que é comum a todos? Ibra ressuscitava a vida dos acontecimentos. Depois, ninguém ia achar o link da história na internet. Não dava para copiar, colar, postar. Para mim, era um momento de nostalgia.

"Por que você não ganha dinheiro com isso, Ibra?", perguntavam, referindo-se à habilidade dele de narrar. Ele dava uma gargalhada, desdobrada em cascatas de risos menores, como era sua característica, batia no ombro do sujeito e dizia: "Mas eu já ganho". Era uma resposta para não ser entendida. Lá pelas tantas, alguém punha um som animado, David Bowie, Gilberto Gil, todo mundo dançava. Lygia soltava os cabelos, deslizava pela grama, com suavidade, como se entrasse na música.

Não há nostalgia sem esquecimento, foi o que quis dizer. O que dispara a nostalgia, ou esse sentimento, ligeiramente melancólico, ligeiramente letárgico, a que chamamos nostalgia, é sempre um pedaço de lembrança, um vestígio de passado boiando no vazio. Penso assim. Não é preciso ter lido Proust para saber até onde um cheiro de café ou uma canção podem te arrastar. Basta uma ponta de memória para encenar o resto. Na verdade, você é capaz de rememorar mesmo o que não viveu. Eu não era nascido nos anos 1950, por exemplo, mas às vezes tenho nostalgia dessa época. Um sofá de couro vinho, a meia-luz, um casal fumando e bebendo uísque. Então revivo a década de 1950 tal como a idealizo. Um desejo colonizado, provavelmente por algum filme de uma sessão da tarde remota.

A nostalgia sempre pediu um espaço de sombra. Onde a memória falha, o abismo começa. Acontece que hoje o passado não para de transbordar. Tudo o que no mundo estava oculto, esquecido na gaveta de alguém, agora se espalha, qualquer um pode alcançar, onde quer que esteja. Ligo o rádio do carro e está tocando uma música que conheço. É uma canção antiga em inglês. Tem um violino, uma voz masculina fanhosa. Raramente a ouço a não ser por acaso, reconheço-a de um tempo da infância, e de imediato estou num fim de tarde na estrada, meu pai dirige, percebo que está cabisbaixo, triste, mas as coisas vão melhorar. Durante anos saboreei a nostalgia desse pôr do sol, o fundo alaranjado e marrom, nunca soube o título da música, quem cantava, de que disco era. Até que um dia, o YouTube já tinha sido inventado, decidi buscá-la, por curiosidade, e a partir de um fragmento de letra cheguei a Hurricane Smith, cabelo comprido e bigode esparramado, ele faz uma dancinha desajeitada na tela, fracassou como músico de jazz, foi produtor dos Beatles e piloto da força aérea britânica na Segunda Guerra Mundial. Autor de "Don't Let It Die", lançada em 1971, quatro anos antes de eu nascer. A música que John Lennon não quis gravar. Vejo várias vezes o clipe. Fotos, vídeos, comentários, depoimentos, e meu fim de tarde alaranjado é dissolvido nessa enxurrada, nas dezenas de enxurradas que reviram sua cabeça todos os dias, o colega de colégio sumido há trinta anos, a garota que você conheceu no verão de 1995, a foto vergonhosa do Carnaval de 1993, um bando de gente anacrônica batendo na sua janela, forçando a porta.

Era um sonho antigo dos pais dela, mudarem-se para a Bahia. E foi o que fizeram assim que Arnaldo, o pai, se aposentou da universidade. Laura, mulher dele e mãe de Lygia, já estava livre para ir. Ela é uma arquiteta bem-sucedida, de família rica, podia continuar trabalhando lá, se quisesse. Construíram uma casa no alto de um morro, voltada para o mar, cheia de vidros e vistas — para usar as palavras de Lygia. Parece que pretendiam ainda colaborar com projetos de uma comunidade indígena na região de Porto Seguro. Partiram cheios de planos. A grande questão era a biblioteca. O que fazer com os dez mil livros da biblioteca do Arnaldo, uma daquelas que o sujeito leva a vida inteira para construir. Segundo Lygia, o pai sempre torrou em livros uma fatia considerável do seu salário, várias vezes chegou a se endividar. Um leitor alucinado, mas antes um acumulador. Laura queria que ele rompesse com o vício, que vendesse ou doasse todos os volumes, sem dó. Seria um ato de libertação. No fim foi obrigada a incluir um anexo refrigerado no projeto da casa.

Estava tudo preparado para a mudança, Lygia me contou.

O caminhão da transportadora estacionou cedinho na porta do prédio. A biblioteca era mantida numa sala comercial no centro. Embarcaram as caixas, numeradas, lacradas. O motorista já ia dar a partida, Arnaldo o chamou, a viagem foi abortada. A desistência veio no último instante. Não iria mais levar os livros, estava negociando uma doação. Uma parte ficaria para a universidade, outro tanto seria distribuído entre bibliotecas públicas. A decisão pegou todo mundo de surpresa.

O caminhão junto ao meio-fio, baú aberto, abarrotado. Na calçada, Arnaldo parece gesticular para o motorista. A cena foi capturada por Lygia, a foto ficava numa mesinha no apartamento. O rosto de Arnaldo na penumbra, o motorista com os braços cruzados. Laura aparece no outro canto, encostada na traseira do carro. Cigarro na mão, soprando fumaça para cima. A foto de uma encruzilhada. Aquele momento em que a vida se bifurca e os dois caminhos possíveis parecem ainda coexistir, abertos, como projeções não realizadas.

Um dia, quando Lygia recordava esse episódio, eu quis ver outras fotos do pai. Estávamos na casa dela, por alguma questão de trabalho. Ela buscou uma caixinha na gaveta, abriu o cadeado, começou a me mostrar. A maioria eram fotos recentes, a própria Lygia havia batido e fez questão de revelar. Ou imprimir. Em quase todas, Arnaldo parecia flagrado sem aviso. Lendo, regando uma planta, ou de avental, mexendo uma panela na cozinha. Meio barrigudo, calvo, com uns rabichos encaracolados descendo pela nuca. Havia também uma foto antiga, tirada em algum inverno. Nessa ele aparece assentado num sofá, taça de vinho na mão, olhando de forma cínica para a câmera. Magro, cabeludo, de óculos. Como se fosse outra pessoa. Levei um susto.

"Mas esse aqui é o Castelo", eu disse. "Foi meu professor de história no colégio."

Lygia sorriu, como se estivesse habituada a essa reação.

"Castelo era o apelido do meu pai no colégio", ela disse. "Para te falar a verdade, não sei como surgiu. Na faculdade, os alunos o chamavam de Arnaldo."

Ela já havia comentado diversas coisas sobre o pai, não que tinha dado aulas num colégio. No mesmo colégio em que estudei. Me lembrava bem dele. De sua fama de excêntrico. Indicava um romance, um poema, depois explorava alguma questão histórica a partir da leitura. "É a história oblíqua", dizia. Às vezes aproveitava o livro recomendado pelo professor de português, às vezes combinava um programa com o professor de ciências. Foi nessa onda que li Graciliano Ramos, Guimarães Rosa. Castro Alves também. Eu tinha uns catorze anos.

Já naquela época era uma lenda — a biblioteca do Castelo. Ele organizava os alunos em pequenos grupos, nos conduzia em uma espécie de excursão. Um evento que se tornou tradicional no colégio, todo aluno passaria por ele, do mesmo modo que deveria colecionar folhas e insetos para a aula de ciências. Íamos numa Kombi até o prédio. Na minha vez, recordo, ouvimos o Castelo falar de bibliotecas imaginárias, os meninos sentados no carpete, estantes de aço por todos os lados. Ele perguntou quem seria capaz de citar uma. Silêncio geral. Quis dar uma de sabido, acabei falando baixinho: "A do capitão Nemo". "Então você já leu as *Vinte mil léguas submarinas*", ele disse. Não tinha lido. Sem retrucar, Castelo se dirigiu à estante, tirou um volume de capa dura marrom. "Pois então vai ler", disse, pondo o livro no meu colo. "E vai fazer uma apresentação para os seus colegas." Nunca mais devolvi o livro.

PARTE II

Acqua alta

Non in terra neque in aqua sumus viventes. Penduraram a plaqui-
nha logo acima das marcas de inundação. Um livro escrito pelas
águas — na parede da livraria. A linha de cima, o livreiro me diz,
apareceu em 2019. A frase em latim, do século VI, é o testemu-
nho mais antigo da *acqua alta*.

Foi a morte do pai que precipitou a decisão. Uma morte precoce, para quem tinha acabado de começar outra vida. Não decorreu de doença, de nenhum vírus. Segundo Lygia, ele estava na praia de manhã, puxando a canoa. Vinha aprendendo um pouco de navegação, remava todo dia na maré baixa, para se exercitar. Falava em tirar uma licença de marujo, quem sabe pilotar um veleiro. Tinha comprado a canoa de um pescador. De madeira inteiriça, cortada de um tronco só. Uma saída para esquecer os livros. "Meu pai mudou de identidade", Lygia dizia. "Trocou a biblioteca pelo mar." Tornou-se outro Arnaldo. Outro Castelo. Uma espécie de reencarnação na mesma vida. Foi numa manhã nublada, ela contou. Arnaldo levantou-se cedo, antes de o sol nascer, já era um hábito. Gostava de ir pelas águas mornas, parava nos corais, mergulhava. Era o mesmo percurso que os turistas faziam para ver os peixes coloridos. A maré dava sinal de subir, ele retornava. Imagino a figura do Castelo, o professor envelhecido, a barba branca reconhecível de longe, deslizando pelas ondas, mais leve, mais sábio. As mãos macias de leitor transformando-se em outras, machucadas, salgadas. Ele foi visto com o sol alto, remando para a praia. Costumava amarrar a canoa num tronco no mangue, perto da trilha de casa. Depois uma mulher deu com o corpo estirado na areia, a água subindo, alcançando os pés. Tentaram reanimá-lo, não respirava mais.

Isso foi no fim de 2019, perto do Natal. Lygia e eu só fomos nos ver um mês depois, em janeiro, quando ela retornou da Bahia. Tinha ficado umas semanas com a mãe. O enterro aconteceu na própria vila, em um cemitério no alto da falésia. Era o desejo do Arnaldo. "Me ponham de frente para a brisa", dizia, brincando. Lygia e a mãe decidiram que seria de fato a melhor opção.

Recebi uma mensagem de Lygia e nos encontramos em um café. Belo Horizonte tinha sido arrebentada por um dilúvio. Calçadas arrancadas, avenidas cheias de lama. O mercado central foi invadido pela água, nunca testemunhei nada parecido. Lygia continuava abalada, meio fora do ar. Um infarto naquelas circunstâncias era duro de engolir.

"Estou indo para a Europa", ela disse, e de imediato pensei que seria um modo de espairecer. Se tinha conseguido dinheiro, se só dependia de si, que aproveitasse. Mas Lygia nunca contava seus planos para ninguém. "Não sei exatamente o que estou procurando", ela disse. "A ideia começou como uma fantasia. Algo irrealizável, sem propósito. Aos poucos virou uma possibilidade concreta. Acabei de assinar a venda do apartamento, deu uma ótima grana. Vou em busca da filha do copista. Vou tentar descobrir a história dessa menina."

Só então me dei conta da dimensão do impacto que o seu artigo tinha provocado nela. Não se tratava de um efeito passageiro. Era um impulso de vida. Que ela vinha se sentindo travada, eu já percebia. Até que chegou ao limite, e o limite era a própria cidade. As montanhas às vezes levam a isso, a um estado letárgico, paralisante. Para piorar, você sabe, o país todo estava enfiado na merda, a demência à solta, a perversidade. A gente precisa tomar cuidado.

De Creta a Paris, passando por Veneza e Roma. O plano de Lygia, pelo menos de início, era perseguir os passos do copista. Refazer o itinerário dele como migrante. Buscar registros, documentos, sinais. Contar com o acaso. Conhecer melhor o século XVI, seus habitantes. Descobrir outras ilustradoras da época, outras artistas. Respirar um pouco das cidades, das estradas. Ver a geografia, os museus, o céu. A pergunta era: o que esse pai pode dizer de sua filha? Seria útil saber a cor preferida desse pai, sua relação com o dinheiro, seu jeito de se vestir? Como recuperar uma criatura anônima, uma menina talentosa e esquiva, nos vestígios de outra pessoa? Como içar um fantasma de dentro de outro? Reler as cartas dirigidas a Vergécio. Ouvir o que disseram dele, o que ocultaram. Seria possível arrancar alguma coisa dessa escuridão? O que pode um pai, afinal, dizer de uma possível filha, mesmo que ela não tenha existido?

Você sabe melhor do que ninguém. Foi você quem nos apresentou essa história. É possível que a tradição em torno da filha tenha surgido de um comentário equivocado, da atribuição errônea feita por algum erudito. Essa foi a hipótese levantada por Alphonse Dain, estou certo? O sujeito que rastreou as margens de vários livros, traçou o fio que poderia conduzir à moça. Dain foi do fim do século XIX ao século XVII, em direção ao passado. Não conseguiu alcançar a ilustradora diretamente, nem alguém que tivesse convivido com ela. A anotação mais antiga, numa coletânea de mil seiscentos e tantos, parece não ser digna de crédito. Dain, entretanto, mesmo tendo motivos para crer que a filha seria apenas uma lenda, não ousou retificar a narrativa que já estava assentada. É compreensível, não é? A ideia de uma mão feminina desconhecida por trás desses desenhos é sedutora demais para ser abandonada em prol de uma verdade banal.

Grande Canal, Veneza

Uma lição clássica, aprender a flutuar. Desde cedo, testam a água, sonham com a água. Conhecem o dia e a noite da água. Treinam o equilíbrio, a leveza, a elegância. Técnicas de comunicação com o líquido. Sabem o mapa dos canais, o trânsito dos ventos. Os gondoleiros são os mestres, dominam os eixos, as ondulações. Com seus braços de madeira, riscam a corrente no ângulo perfeito. Hoje li um poema anônimo, um antigo poema chinês, sobre a arte de navegar. Cada rocha é uma palavra, diz o poema, cada ilha é uma palavra, cada coral ou estrela é uma palavra, diz o poema. Cortar um peixe é como cortar o silêncio, diz o poema.

Meados do século XVI. Uma jovem miniaturista em Paris. Poucos a veem, ninguém sabe seu nome. É filha e colaboradora de Ângelo Vergécio, natural de Creta, copista oficial do rei em língua grega. Ilustra manuscritos de luxo destinados a membros da corte: Henrique II, Diane de Poitiers, Catarina de Médici. Provavelmente ainda não é adulta quando ilustra seu primeiro livro. São desenhos bem cuidados, meticulosos, apesar de convencionais. Letras, frontispícios, miniaturas. Parece preferir o verde, o azul, o vermelho. Às vezes pinta um medalhão que vai na capa. Frequenta o ateliê real, onde os livros são preparados. Seus traços denotam familiaridade com o estilo praticado em Fontainebleau. Foi responsável por ilustrar a série de bestiários copiados pelo pai entre 1554 e 1569. Aves, salamandras, polvos. Bichos da terra, do ar, do mar. Seus modelos não são da natureza. Vêm de tratados de história natural impressos na Alemanha e na Suíça. Não costuma assinar nem identificar os desenhos que faz.

Que eu me lembre, eram mais ou menos essas, em resumo, as informações que Lygia reuniu sobre a moça. Um retrato indireto, feito por deduções. Lygia encontrou referências à personagem em verbetes de dicionário, em artigos de filólogos, em textos delirantes da internet. Ajudei-a a pesquisar. Não há comprovação de que existiu, nem de que não existiu. Foi a essa incerteza que Lygia se apegou. O que a exposição da Biblioteca Nacional francesa não mostrou. Ela decidiu começar de onde você, F. C., parou.

Certamente ela trocou ideias com Ibra, com Lucas. Lucas até a recomendou a um professor em Roma, alguém que poderia ajudá-la. Mas, até onde sei, ela não apresentou nenhum projeto na universidade. Fala francês bem, um pouco de italiano, além do inglês. Sua experiência como ilustradora poderia facilitar um doutorado. Talvez atrapalhasse. Uma artista promissora, mas sem traquejo acadêmico, saca a grana de uma herança e parte em busca de um personagem duvidoso. Pretensão? Ingenuidade? "Foi triste ter que vender o Fusca", ela disse. "Mas já reservei minha passagem para Creta."

Biblioteca Marciana

Todo dia ele passa aqui, atrás de algum livro para copiar. Traz as novidades da rua, dos livreiros da rua Merceria. A cada semana, são quatro, cinco títulos novos. Ele não disputa com os impressos. Escolhe o que os editores não vão publicar. Faz cópias de arte, para colecionadores ricos. Sua mercadoria é a letra, trabalha por encomenda. Às vezes fica horas sentado no atril. Copia textos de gramática, retórica, história. Terminou uma coletânea de tratados sobre música. Papel grosso, tinta preta, iniciais vermelhas. Tentou fazer uma vinheta de arabescos, seria no início de cada capítulo, parou no primeiro. Ele queria saber desenhar, sua letra sempre foi uma tentativa de desenhar. É cuidadoso, não desperdiça papel, usa um colete encardido. Fala pouco e baixo, é tímido. Assenta, copia. Vem de uma família tradicional em Cândia, faz questão de lembrar. Pergunto algo de sua língua materna, ele abre um sorriso. Faz cinco anos que está em Veneza, ainda tem pesadelo com os turcos. Parece não ter ambição, está sempre devendo dinheiro a alguém. Folheio um manuscrito copiado por ele, o livro quase cabe na minha mão. Ouço o ruído áspero de cada página, bichos em vermelho e dourado, dourado e verde. Será que fiz uma descoberta? A bibliotecária se aproxima, me diz: "*Ragazza*, está na hora de fechar". Faz frio na praça San Marco.

É claro que a pandemia atrasou os planos dela, como os de todos nós. A viagem estava marcada para março de 2020. Foi quando as fronteiras começaram a fechar. Ela adiou para abril, depois para maio, achava que o pior passaria logo. Até que não se podia mais sair do país. Teve que esperar dois anos.

Não gosto de repisar esse assunto, mas, se você quer saber, para mim é como se o tempo tivesse se congelado. Penso nas pequenas coisas. Gente que ia estudar, gente que ia fugir, gente que ia transar. Histórias cortadas. A pandemia é um grande acaso negativo, um acaso que, em vez de multiplicar, paralisa todos os outros. O mundo, ou pelo menos o mundo humano, entra em estado de suspensão. Se alguém precisa ir à padaria, se aguardo a passagem dos correios, se vai chover, se compro um jornal. Se uma bomba explode, se duas mulheres se beijam, se um pássaro foge, se uma tartaruga atravessa a praia. Se acendo um cigarro, se um prédio desmorona, se um velho assobia uma canção. Qualquer possibilidade, qualquer movimento do cotidiano perde sua autonomia para se tornar um índice da peste. Você então se dá conta da vitalidade do acaso, da sua relação visceral com a liberdade. Quantas histórias deixaram de ocorrer, subitamente engolidas por uma narrativa absoluta, a do medo? Se você, um escritor, está no meio de um romance, um romance encaixado no presente, o que faz numa situação dessas? Entrega a narrativa à peste? A peste quer abolir todos os acontecimentos.

No período de confinamento, a gente se comunicava só por mensagem de telefone. Às vezes por e-mail. Sem poder viajar, Lygia continuou trabalhando. Surgiu o convite de uma editora de São Paulo, ela aceitou na hora. Era um livro sobre "espécies em extinção". Não exatamente animais e plantas, como o nome sugere, mas tipos humanos. Fotógrafo de parque, amolador de facas. Vendedor de enciclopédias, sapateiro. Ofícios desaparecidos ou em vias de desaparecer. Ela acabou convencendo a editora a me contratar para a preparação dos textos. Foi uma empreitada de sobrevivência, não dei um passo fora de casa. O dia inteiro no celular, gente estranha invadindo meu almoço. Tive que me adaptar. Suponho que você também passou por isso. De tanto raciocinar pelo celular, a gente acaba desenvolvendo uma subjetividade diferente, uma "persona" que atua apenas nas conversas pelo aparelho.

Outro dia, uma vizinha minha de prédio, uma senhora com seus oitenta anos, muito elegante, ativa, seu nome é Berta, me contou uma história insólita. Não sei como surgiu o assunto. Enquanto a ajudava com umas sacolas no corredor, ela confessou que sua vida tinha mudado por completo depois que começou a usar o celular. Havia conseguido algo que durante décadas lhe pareceu impossível — relacionar-se com a irmã. Uma mulher também idosa e igualmente solitária, segundo a própria Berta.

De algum modo, elas haviam criado no celular um idioma novo, uma convivência plausível, que neutralizava as desavenças.

Para mim, redes sociais e celular sempre foram uma combinação destrutiva. Tenho dificuldades de lidar com essa intrusão. Minhas palavras misturadas com as de outro, o outro dentro da sua cabeça, pensando com você, por você. A certa altura, já não sei quem escreve, quem lê. Já não há dia nem noite, as horas são todas as mesmas. Não há hierarquia entre as amizades, estão todas ali, achatadas. De vez em quando, naqueles dias de reclusão, meu aparelho apitava no meio da madrugada. Eu já sabia, era Lygia. Tinha formulado alguma ideia sobre a filha de Vergécio, precisava repartir com alguém, eu era o escolhido. Cenas que ela ia fantasiando. Para não perder a perspectiva da viagem, talvez, ou para iniciar a viagem logo, sem sair do lugar. Acabei me tornando seu cúmplice.

Antes de Lygia finalmente partir, no começo de 2022, nos vimos uma última vez. Ao ar livre, vacinados. Ela tinha cortado o cabelo, seu queixo alongara-se. Estava vigorosa, despertada de um longo sono. Nunca a vi tão bonita. É triste admitir, mas senti um incômodo com aquele contato, ao vivo depois de tantos meses, um olhando para a cara do outro, tendo que reagir com o corpo, com a voz, manter uma conversa. A presença dela, mesmo desejada, acabava violando uma intimidade que havíamos conquistado à distância, e que parecia impossível sustentar no mundo físico, tão próximo. Seria preciso começar de novo. Ainda não consigo dizer se foi uma sensação passageira ou se estou como Berta, a minha vizinha de apartamento.

Vamos pedir outra cerveja?

Tre vie

Muros sem teto, sem calha. Mosaicos trincados. Pedras sem cabeça, deusas sem braço. Barcos que não chegaram, ossos. Cascos quebrados, lascas de cerâmica, fragmentos de tecido. Ontem vi um navio tombado, casa para mariscos. Termas sem vapor, sem sudatório. Livros acorrentados, colunas rabiscadas. Gládios cindidos, elmos fraturados. Vi o oráculo, o olho rasgado de Júpiter. Os pés inchados da esfinge, toda esfinge tem os pés inchados. O obelisco mutilado, quatro metros a menos. Um mapa do passado, o templo de Marco Aurélio. Um sapato deixado para trás, na beira do rio. Hoje passei pela Fontana di Trevi. A água participa do destino da cidade, corrói lentamente o mármore do poço.

Ibra é que gostava de vir aqui, sentia-se o dono do bar. Sempre num fim de tarde como hoje, mesmo com ameaça de chuva. Ele chegava por volta das cinco, assumia a ponta do balcão. Pedia uma long neck e uma batata assada, essa da vitrine, no palito. Ia picando lentamente a batata, oferecia um pedaço a quem entrasse. Gastava horas para acabar com a batata. A despedida dele foi aqui, quando decidiu voltar para Lagos. Para poucas pessoas. Este bar, segundo Ibra, deveria ser declarado patrimônio da humanidade. Me admira que tenha resistido, que ainda não tenha fechado. Estive aqui com Lygia uma vez. A decoração lá dentro tem a cara dela. A gente escolhe um vinil, põe na vitrola, os próprios clientes é que controlam o som. Repare aqueles retratos na parede. São de pessoas que moram aqui perto, na vizinhança, mas que não frequentam o bar. O cara da farmácia, o do açougue, a vendedora da papelaria. A idosa que sobe a rua todos os dias, vem tomar sol na praça, empurrada na cadeira de rodas. O sujeito que passou na esquina por acaso, perdido, parou para pedir informação. As fotos são de autoria do João, o dono do bar.

Todas em preto e branco, tiradas com uma Kodak antiga. A primeira foi a do catador de papel, ele ainda passa aqui na frente toda noite, a carroça carregada, para reciclar. O retrato ficou bacana, vieram outros, a coisa virou tradição. Anônimos convertidos em estrelas de boteco, esperando o convite para algum filme. Um catálogo de personagens na parede. Será que um dia você se lembrará de mim dessa maneira, como um personagem que sua memória fotografou? Poderei ganhar um papel no seu próximo conto, em um romance por vir? Não necessariamente como revisor de textos, por favor. Quem sabe na pele de um garçom, de um vendedor de seguros. Tempos depois de ter me esquecido, sua memória vai regurgitar reminiscências desse encontro, lembranças que a gente não sabe de onde vêm. Será um aspecto furtivo do registro que você fez de mim. Estou certo? Já aconteceu de você usar o traço de uma pessoa como bicho ou objeto, por exemplo? O sorriso do colega de infância na boca de um cão. Você já se projetou numa chuva? Numa ponte, numa lâmpada, numa lágrima? Um dia, quem sabe, lendo seu próximo romance, encontrarei a descrição de um bar. Haverá uma esquina, uma mesa de lata, dois caras tomando cerveja. Haverá batatas coradas na vitrine, para comer a palito. Você já nem se dará conta de onde veio a cena, de que gaveta surgiu. Serei o único capaz de esclarecer a gênese dessas batatas.

Casa do professor Carlo

A casa do professor Carlo tem o pé-direito alto, um salão com vitrais coloridos. Como dizem, é um homem gentil. Em nenhum momento me senti diminuída perto de sua erudição. Seu português é suave, fala como um avô. O professor Carlo não tem saído de casa, está com uma tosse rouca. Montou sua biblioteca em um cômodo de dois andares, uma mesa comprida no centro. Passei uma tarde fora do comum, os livros se oferecendo das estantes como se esperassem pela visita. Muitas iluminuras, bestiários, gravuras. Não é fácil descobrir quem ilustrou. O nome de Guyot vem no chapéu do cardeal. No sabre do soldado está a assinatura de Jean. Chugoinot soa como *chugoineau*, que é "cegonha" em picardo antigo — o desenho de uma cegonha é a marca do ilustrador. Elizabetha é filha de Guyot, ela ocultou o nome em um bordado minúsculo, na barra do manto de Jesus. Já estava escurecendo, a esposa do professor Carlo chegou, também dá aulas na universidade. Não me deixou ir embora. Sem querer, acabei na mesa do jantar, diante de um galeto com batatas. Me pediram que cortasse a carne, acho que foi um gesto de hospitalidade. Eu não sabia por onde começar.

Nunca viajei para o exterior, se você quer saber. Olho em volta, queria dar um passo para fora, para um país vizinho, mas acabo na trilha de uma cachoeira. Quase sempre por falta de dinheiro, também por falta de ânimo. Na adolescência, sonhava em fazer um intercâmbio, passar um ano na Inglaterra, na Dinamarca, mas isso era coisa de rico. Tentei duas vezes ir para Buenos Aires, não deu certo. Com Vanessa, estive a ponto de embarcar para Lisboa. Compramos as passagens, os preços estavam acessíveis. Ficaríamos dez dias, contando com uma esticada para o Porto. Faltavam três dias para a viagem, Vanessa acordou atormentada por um pesadelo. Tinha sonhado com um corredor cheio de gente, as pessoas agitadas, gesticulando, e de repente algo estremecia, um buraco se abria no chão, sugava todos para baixo. Ela não deu conta de superar a cisma, desistimos. O crédito do voo foi usado numa praia alagoana. Para te falar a verdade, senti alívio. Morro de medo de avião.

É verdade que está mais fácil viajar, mas também está mais fácil não viajar. Mesmo a hipótese de mudar de cidade tornou-se sem propósito para mim. Durante um século, para quem nasceu em Belo Horizonte, ficar ou partir sempre foi uma questão existencial. Hoje a pergunta é outra, conectar-se ou não, nivela todos os habitantes do planeta. Estou exausto. Toda essa gente reservando hotel, marcando excursão, disputando vaga a tapa em avião. Tenho medo do turismo, tenho medo da humanidade. Até mesmo uma escapada para qualquer vila próxima me assusta. Você põe a cara fora da janela, mira um incêndio na serra, a fumaça nos postes de luz. Não consigo ir a Ouro Preto, a Diamantina, a qualquer hora um tanque de minério pode desabar na sua cabeça. Se eu partir algum dia, vai ser para não voltar. Comprar uma terra no Uruguai, plantar uma erva fresca no quintal.

Esbocei certa vez o roteiro de um filme. Meio sério, meio brincando. Um casal de revisores viaja pelo litoral brasileiro fazendo correções de cardápios e folhetos, placas, cartazes. Estão de carro, um Fiat velho. Aportam em um lugarejo, oferecem seus serviços em pousadas e restaurantes, em agências de turismo, em troca de hospedagem e comida. Eventualmente atendem a prefeitura local, a câmara municipal. Assim garantem a grana do combustível, podem seguir adiante. Passam anos subindo e descendo o litoral, sem se afastar da costa. Seria o primeiro *road movie* de revisores do mundo.

Na estrada, o casal aprenderia os sotaques mais abstrusos, examinaria a distância entre eles e o português oficial. Teriam o desejo de elaborar uma grande gramática às avessas, a gramática descritiva dos erros. Talvez no fim abandonassem a profissão, partiriam clandestinamente para a Colômbia, saturados da própria língua, incapazes de se comunicar.

Ligúria

Cada vez que tomo um trem, um barco, cada vez que deixo um país. Ponho o postal pra você no envelope, a sensação se repete. Como se estivesse costurando, outra volta da agulha. De Roma para Ventimiglia, baldeação em Gênova. Manhã veloz. Pela janela passam Louise, Catherine, Berenice, Camille. Penso em Charlotte, Jeanne. Passa o Mediterrâneo. Desperto de um cochilo em Savona, evito o olhar do passageiro ao lado, inconveniente. Café, outro café. Ela vai se chamar Sophia.

Foi um pedido de Betânia. Já faz alguns meses, comecei a fazer a seleção dos originais que chegam à Abelha. Romances e contos, narrativas de ficção. Depois que a editora ganhou um prêmio, a caixa de correio transbordou. Os carteiros viraram parceiros da casa. As pessoas mandam seus textos por e-mail, mas chega muito pacote registrado também. Foi preciso reservar uma mesa só para empilhar o material. Betânia assumiu sozinha essa leitura, mas diante do volume a tarefa se tornou inviável. Ela diz que anda muito ansiosa, que prefere as atividades comerciais. Emprega quase todo o seu tempo nas redes, atualiza o site, troca e-mails, faz divulgação. Ela não deixa passar nada. Comentário elogioso, resenha, entrevista de autor. Tudo é cuidadosamente aproveitado. Não achei má ideia aceitar a tarefa, mas logo ela vai precisar de mais gente.

É uma forma diferente de leitura, estou tendo que aprender. Não se trata apenas de uma adaptação óptica. A gente precisa também de um ajuste psíquico. O foco é diferente, a velocidade. Tenho que me soltar, deixar o olhar mais esperto. O complicado é conter a obsessão, condição natural de todo revisor. É como se você tivesse passado a vida inteira tapando buraco na estrada, metro por metro, e de repente fosse convidado a viajar nela, analisar suas curvas, a paisagem. Esqueça as saliências do asfalto, pare de olhar para o chão. Já cogitei a hipótese de tomar algum medicamento para transtorno obsessivo. Será que uma pílula dessas é capaz de transformar um revisor de textos em leitor de originais?

A leitura é feita às cegas. Não vejo o remetente, quem assina. De cada dez livros, oito são desagradáveis, para dizer o mínimo. Dá vontade de rabiscar a página de cima a baixo, como se a raiva do lápis pudesse banir a feiura do mundo. Deparo com muitas histórias de religião, de crime, com narrativas de cunho pitoresco, casos sobrenaturais. Tem também as imitações, os maneirismos. Às vezes desisto pelo título. Li muito conto de vampiro também, a fase deles parece estar se esvaindo. Cheguei a esboçar uma teoria que explicasse essa moda. Vampiros são velozes, sedutores. Podem ser iridescentes, como alguns insetos. Detêm conhecimento e inteligência. Imagino-os como uma espécie de metáfora inconsciente do mundo virtual. Não dormem, não morrem, não esquecem. São gelados, não suportam a luz do sol. E sugam a energia de quem está perto.

Se revisar cansa a mente, a leitura de originais pode intoxicá-la. É o que sinto às vezes, depois de passar um dia completo folheando maços de papel, ou rolando a tela do computador. Uma sensação de esvaziamento. Quantas palavras descartáveis, quanto esforço triste. A revisão de uma tese costuma ser fatigante, mas ler textos inexplorados, aos montes, sem bússola, com alto risco de insalubridade, pode causar envenenamento. O olhar do revisor, você sabe, tende a ser claudicante, sofrido, mas ele aprendeu a se defender. Desenvolveu anticorpos contra os maus textos, a escrita ruim. Sabe que há uma linha de contaminação, e que precisa transitar acima dela. Ao rever um texto, estou imune ao prazer da leitura, mas também ao seu desastre.

Bouvard e Pécuchet, os personagens de Flaubert. Você os conhece. Foram se infectando aos poucos, uma enciclopédia após a outra. Pela variedade, pelo excesso, pela desorientação. O fígado de um adoece, os dois caem de cama, deliram. Adoro a dupla recitando em voz alta o nome dos legumes. A verdade é que somos todos como eles, sempre que damos uma opinião. Madame Bovary, Dom Quixote. Todos corroídos pela leitura descontrolada, sem filtro, pelo excesso. Os textos e seus venenos. Para mim, nada é pior do que a leitura que injeta o leitor no vazio, as palavras girando em torno delas mesmas, cascas sem sonoridade, sem sentido. Autoajuda financeira, lucrativa, religiosa. A toxina do texto morto, inepto para a vida. Palavras ocas, sem beleza. Não servem para nada, reproduzem-se facilmente, colonizam a língua, matando outras palavras, salgando-as, até a desertificação. Nada é pior do que essa viagem, a que paralisa sua atividade mental, a circulação de ideias. Como uma ressaca de vodca, sem o benefício da embriaguez. Sempre que termino uma sessão dessas leituras, preciso de um antídoto. Pode ser outra leitura, ou uma corrida pela cidade. Depois que comecei a ler os originais, estou fazendo caminhadas noturnas.

Marselha

Uma mistura de cinzas e azeite, é feito na região há mais de mil anos. A origem é síria, de Alepo. Foi o que me disse a dona da banca, ela já trabalhou numa fábrica de sabão, hoje tem esse comércio, de frente para a marina. Passei a tarde aqui, no porto antigo. Muitas bandeiras, veleiros do mundo inteiro. É o porto onde desembarcou Vergécio, pai de Sophia, agora posso chamá-la assim. Ele tinha pouco mais de trinta anos, em 1538. De Roma seguiu em caravana até La Spezia, tomou um barco para o sul da França. Alguns anos antes, Catarina de Médici tinha feito um trajeto parecido, ia se casar com Francisco i, o rei francês. Vergécio viaja com o dinheiro contado. Em Marselha, consegue um albergue barato. Logo vai subir o Rhône num batel. O calígrafo do rei, esperado em Paris. Tem um burburinho no cais. Ângelo entra numa taberna, fala um francês torto. A língua dos marujos é incompreensível, meio latina, meio árabe, meio turca. O taberneiro traz um baralho, foi deixado por um soldado que chegou de Milão. O jogo caiu no gosto dos marujos, começaram a imprimir. Papel áspero, gravado em madeira, colorido à mão. O eremita, um louco, uma torre. Ângelo já tinha visto um desses em Veneza, com os ciganos. A mulher da banca não sabe nada de tarô. Foi ela quem me vendeu esse postal de sabão.

Vergécio pode ter tido filhos em Veneza. Pode ter tido *uma filha* em Veneza. É uma hipótese que não dá para descartar. Ele tem vinte e cinco anos, mais ou menos, quando desembarca na cidade. Certo? Viveu lá quase uma década, é jovem, ativo, certamente conheceu muita gente. Então pode ser que Sophia, para usar o nome que Lygia deu à filha, tenha nascido em Veneza, antes de Vergécio partir para Paris. Dá para imaginar. Veneza é uma cidade fervilhante. Metrópole das artes, dos livros, dos afrescos. Cheia de músicos nas ruas, pintores, escultores. Ticiano, Tintoretto, Aretino. Aldo Manuzio já morreu, mas os filhos continuaram o negócio. Há centenas de tipógrafos em atividade. O tráfego de navios no Adriático é intenso. Zarpam para a Grécia, para o Oriente. Peregrinos, comerciantes, aventureiros. Os otomanos ocuparam Constantinopla, são uma ameaça constante. Veneza se segura como pode, na base da diplomacia. A cidade é tão exuberante que parece incompatível com a guerra. De uma dessas belezas que chega a ser inteligência, escudo contra a agressão. Nesse mundo, nessa hora, o livro já é um artigo acessível, a cada dia sai um título novo. Publicam antologias de poemas, publicam pornografia. Os profissionais do livro impresso convivem com os dos manuscritos. Não há muitos copistas gregos na cidade. De boa reputação, pelo que andei pesquisando, apenas Vergécio e mais um, Nicolas Sophien, que trabalhava para um membro da corte francesa. Vergécio deve ter saído de sua ilha com alguma recomendação. Já sabia o que iria encontrar.

O copista não é muito chegado a festas. Gosta mesmo é de estudar, de apurar a caligrafia. Envergonhado, recluso. Um nerd de temas obsoletos. Vergécio, *le Cretois*. Não é assim que ele assina as cartas que escreve? Faz laços com os eruditos, mantém contato com nobres. Eventualmente, por insistência dos outros, por conveniência, vai a um salão literário. Uma festa onde as pessoas recitam, trocam ideias, flertam. Os editores estão à caça de gente nova, prestam atenção nos sonetos, gostam de lançar mulheres. E elas estão escrevendo.

Vergécio não tem muita paciência para conversações, fica quieto no seu canto, sempre quer ir embora. As cortesãs o acham excêntrico, descuidado da aparência. Cortesãs vivem em casas de luxo, são refinadas, têm protetores, criados, inúmeros pares de sapatos, de luvas. Catarina, Chiara, Cornelia, Attallante, Antonia, Bettina. Vergécio prefere as putas que esperam nas pontes. Há uma cortesã que insiste em se aproximar dele, é sorridente, cativante. Acabam se tornando amigos, amantes. Antonia, suponhamos. Ela faz rimas casuais, nada que se compare aos versos de Gaspara Stampa, de Tullia d'Aragona. Na cama, Antonia pede que Vergécio lhe sussurre palavras em grego, que escreva nas suas costas. Passado algum tempo, vem a gravidez, o parto indesejado, a dificuldade em criar a menina. Antonia adoece, como adoecem as putas de Veneza. A filha tem cinco anos quando ela morre. Vergécio acaba de aceitar o convite do embaixador francês, será copista do rei em Paris. Se a menina ficar para trás, ele sabe, é provável que se torne uma cortesã. Toma a criança pela mão, diz a ela que vão andar de carruagem, que vão para Roma, e depois atravessarão o mar em um grande navio. É uma hipótese improvável, você vai dizer. Mas é irresistível. Lygia adorava essa cena — a menina viajando de barco com o pai para um mundo desconhecido.

Não sei precisamente o que Lygia descobriu em Veneza. Não dá para deduzir muita coisa pelos postais. Quem sabe haja uma pista escondida na Biblioteca Marciana, no arquivo da cidade. Carlo Fabri a ajudou. Sim, o professor Carlo Fabri. Um velho conhecido do pai de Lucas, professor da Universidade de Roma. Lygia saiu do Brasil com o nome dele no bolso. Parece que é um desses caras raros, de conhecimento vasto. Um humanista se debatendo contra a extinção.

De vez em quando vou à internet, pinço alguma informação preciosa. Sempre que chega um postal, sinto uma vibração, uma vontade de pesquisar e aprender. Como se eu tivesse voltado trinta anos numa máquina do tempo, para os anos 1980, quando a gente abria a caixa de correio procurando por cartas. Já saio da cama na expectativa. Desço as escadas para conferir o escaninho do prédio, achar o envelope selado, meu nome à caneta na frente, o postal do lado de dentro. Lygia faz questão de pregar sempre um selo diferente, livre do carimbo dos correios, para a aparência ficar mais bonita. Às vezes, te confesso, tenho vontade de ligar para ela, quebrar esse pacto de afastamento. Perguntar como vai a investigação, a aventura. Mas isso seria acordá-la no meio de um sonho, tirá-la da epopeia que ela está tentando viver.

No convés do barco, uma galera, um galeão, Sophia ouve as cordas rangerem, as ondas batendo na quilha. Sente o pavor da água na escuridão. Da mãe só sobrou o cheiro, a memória de uma canção. Um marinheiro fala sobre um abismo que devora as embarcações. O pai conta histórias de piratas, de monstros com múltiplos tentáculos, de gigantes de pedra. Num futuro próximo, Sophia vai desenhar serpentes, leviatãs, um polvo vermelho. O polvo terá os olhos esbugalhados que o marujo descreveu. Cada uma de suas pinceladas virá com um ruído marinho. Sophia não tira os olhos do céu noturno. O rio de leite, o rio prateado. Ao ver tantos pontos brilhantes, tanta bruma, talvez ela pressinta que o seu mundo não é o centro do cosmo, aquele céu já não é o de Ptolomeu, é o céu de Copérnico, de Galileu. O pai encaixa a menina no colo e aponta para o alto. Tenta ligar com o dedo as estrelas da Ursa e da Lira, do Cisne. Conta a história de Perseu, de Andrômeda, de Órion. Pelo resto da vida, ela vai se lembrar do pai tocando o céu e dizendo: "Aquelas são as Três Marias".

Outra cerveja?

Biblioteca Nacional, prédio Richelieu

O tema é a caça, os dois manuscritos são ilustrados. O postal foi confeccionado por mim. No original, a mulher olha para baixo. Sua postura é recatada, uma pastora cuidando dos bichos. Seu vestido desce até os pés, a cabeça está coberta por uma túnica. A vegetação no fundo é pobre, descolorida. No segundo manuscrito, copiado por Vergécio do anterior, os personagens são mais vivos, o bosque é denso. Os bichos não mudaram, mas os contornos estão mais nítidos. A mulher já não usa túnica, o rosto está descoberto, seus cabelos esvoaçam, dourados. Os pés estão visíveis, as curvas do vestido são modeladas pelo vento. Ela porta o arco da caçadora, tem a lua crescente na cabeça. Seus seios estão nus. É uma das primeiras iluminuras do livro. Na ficha da Biblioteca Nacional, não comentam que a nudez foi uma novidade introduzida pela ilustradora de Vergécio.

Fiquei surpreso quando eles começaram a chegar — os postais. A ideia de mandá-los, e de mandá-los em série, deve ter surgido na Grécia, não houve premeditação. No último encontro que tivemos, cheguei a pedir que ela me enviasse alguma coisa de Creta. Recebi o primeiro, logo veio outro, e assim por diante. Nem todos foram entregues na ordem de expedição. Escritos sempre com essa letra contida, equilibrada. Se você for ficar na cidade mais tempo, marcamos um dia na minha casa, para você examinar todos eles com calma.

Não. Nenhuma mensagem, nenhuma ligação. Você não é o único a não ter notícias de Lygia. Ela deve ter trocado dois ou três e-mails com Betânia, foi o que soube. É provável que fale com a mãe, não posso garantir. Nunca pôs nada da viagem em redes sociais. Recebi um e-mail dela, um único e-mail, de quando ela estava em Roma. E foi para pedir que eu guardasse os postais com cuidado, que não os perdesse ou estragasse. Ela quer reavê-los, vai me avisar no momento certo.

Sou um pouco mais novo do que você, mas também escrevi

cartas. Cartas de verdade. É um privilégio, concorda? Estar nesse extremo, o fim de uma era tão longa, o início de outra. Frequentemente me imagino como o último. O último a fazer um curso de datilografia, o último a levar fotos para revelar. O último a falar do orelhão. O último a trabalhar em uma Imprensa Oficial. Quem sabe terei sido o último a escrever uma carta. Não é um limiar qualquer, é uma passagem entre milênios.

Ainda é possível escrever uma carta, claro. Dobrar o papel, colocá-lo num envelope, colar o selo. Deixá-la no balcão dos correios, confiar que será entregue. Dá para fazer a mesma coisa com um cartão-postal. Mas, se você está de férias em Roma e remete uma carta a um amigo em São Paulo, antes que ele a receba você provavelmente já terá voltado. Alguma coisa está faltando aí. Pois para escrever uma carta, para receber uma carta, é preciso estar imerso no tempo dela, e esse tempo já findou. Ou está por um triz. Não é apenas o tempo do transporte, do malote jogado em um baú de carga, em um avião. O tempo da carta, você sabe, começa na sua escrita. Está na sintaxe, nas pausas. Na paciência. Está no cabeçalho, com local e data. Na assinatura. O pensamento da carta é lento, o corpo da carta é lento.

Outro dia li uma reportagem sobre uma companhia de telégrafos da Índia, a mais importante do país, que estava cerrando as portas. Depois de mais de cem anos de operação, ia entregar o último telegrama, de um comerciante de selos para sua irmã, se não me engano. A distância era de poucos quilômetros, mas o envelope demorou mais de uma semana para chegar. Ansioso, o sujeito telefonava todo dia para a irmã, para conferir se a mensagem havia sido entregue. Então não seria mais o caso de chamá-la de telegrama, porque o telegrama já estava extinto quando a mensagem foi despachada — seu tempo já tinha se esgotado. Quando você troca a carta, ou o telegrama, que seja, pelo e-mail, está jogando fora o papel, mas também a *espera*. E isso não é apenas uma mutação no modo de se corresponder. É o sinal de uma transformação mais radical, que está ocorrendo dentro das nossas cabeças. Um novo modo de pensar, de sentir, de sonhar. O telefone, por exemplo. Sempre gostei de telefones. Quieto em cima da mesinha, prestes a tocar. O mais melancólico dos aparelhos. Quando penso em um telefone, está lá o disco e o gancho, com o fio embolado. Também está lá a dificuldade de ouvir, os ruídos de transmissão. Quando penso em um telefone, penso, é claro, na voz. A voz do outro lado, que é mais do que a pessoa que fala — é uma entidade. Penso nas chamadas interurbanas, no tempo de cada conversa, contado em minutos. O telefone cria um pequeno mundo em torno de si, com uma ecologia própria. É esse mundo que o celular extirpa com sua aparição. Penso no celular e lá está aquele objeto mínimo, com sua inteligência compacta e total. Janela para trocar mensagens, para comprar. Para pesquisar, fazer contas. Para ir ao banco, pedir comida. Janela para ler jornais, ouvir música. Janela para viajar pelo planeta, pela Via Láctea. O celular reúne múltiplos mundos, é um aniquilador de mundos.

Ao sair do tempo da carta, do telefone, ao substituir os ritos desse tempo pelas mensagens instantâneas, sei que sem notar estou apagando da minha memória, meio de arrasto, uma série de enlaces invisíveis que a princípio não teriam nada a ver com a carta e o telefone. Como se ocorresse uma metamorfose clandestina nos processos mentais, em sua engrenagem mais elementar. Quando ativo um mapa no celular para andar por aí, estou lentamente destruindo minha memória das ruas, das direções. O dispositivo virtual rouba a capacidade que a gente tem de se projetar no espaço. Mas não só isso. Muda o modo como nosso corpo se move na rua. As pessoas já não olham para longe ou para o lado, que era o que faziam depois de consultar um mapa de papel. Elas andam agora de cabeça baixa, com o olhar grudado no

134

aparelho, como se a cidade existisse dentro dele. Qualquer um que já passou dos trinta consegue perceber. Estamos abandonando um ritmo, uma batida interior. Talvez o sentimento de algumas frases, a eletricidade de determinados neurônios. Em que medida, me pergunto, estou sendo induzido também a mudar a forma como fantasio coisas simples como, por exemplo, um gato ou uma goiaba, uma dança ou uma nuvem?

Volto à minha infância. A um quintal remoto, com bichos e sombra — e uma goiabeira. A goiaba precisa de cor, da cor amarela, da vermelha. É rugosa. Mas antes vem o aroma, e o aroma é uma casa inteira. A goiaba é macia, pode ser que tenha bicho, amadurece em cima da mesa. A goiaba precisa do outono, de galhos descascados, de sossego. Se pensar é perseguir, estamos mudando nossas táticas de perseguição. No tempo em que a carta morre, talvez morra também a estação das goiabas, a inteireza da fruta. Já não percebo nem sua cor nem seu aroma, nem o tédio que lhe é peculiar. Perco a sensação de que a goiaba amolece, apodrece. Minha ideia de goiaba migra quem sabe para sua substância, uma vitamina embalada em plástico e isopor, sujeita a prazo de validade.

Minha avó tinha um gato em casa. No tempo da carta, o gato precisa de plantas, de um tapete, uma almofada. Pé ante pé, caminha pelo chão da sala. Uma luz vem da varanda, clareia seu pelo marrom, cinza. O gato tem um dom — o silêncio se aprofunda com a sua presença. Ele salta sobre a mesa, dispara aquele olhar de savana — um pássaro pousou na janela. No tempo da comunicação automática, o gato escapa num piscar de olhos, não consigo capturá-lo. Outro gato atravessa na frente dele, um hotel de gatos, uma marca de ração, outros felinos, uma pantera, uma propaganda de anel, um diamante no olho do gato. Esse gato ansioso não resiste a um fóton, já se dissipou no primeiro passo. Penso no gato vivo e ele já está morto. O que sobra é uma sílaba de gato — uma frase de poucos caracteres que tenta evocar um gato.

Que tal um museu do pensamento? Um palácio que guardasse os mecanismos, as chaves do pensamento. O visitante poderia entrar na cabeça dos outros, experimentar arranjos mentais, conceitos e juízos diferentes do seu. Simulações de épocas remotas. De indivíduos que viveram em épocas remotas. Um pensamento por analogia, por exemplo. O visitante é conduzido por uma teia de correspondências, animais e deuses, humores e órgãos, estrelas e presságios. Experimenta o pensamento mágico em toda a sua magnitude. Passa por uma câmara de paradoxos, de antinomias. Seria torturante, talvez. Atravessar mentes metafóricas, hiperbólicas, sinestésicas, mentes irracionais. Encarnar formas extintas de refletir, lógicas anômalas, soberbas, maravilhosas. Sim, parece que estou falando das bibliotecas — da própria literatura.

Pensando no futuro, tenho a impressão de que, em breve, as metonímias não serão mais suficientes, as metáforas serão viradas do avesso. A semântica não será suficiente. Será preciso inventar um novo tipo de figura, uma nova categoria, instantânea, uma evolução das repetições e dos anacolutos. Uma metonímia extrema, quem sabe, uma metonímia aleatória, alienada, em que a contiguidade se dá pelo acaso. O pensamento tinha sua duração, conseguimos quebrá-la. Hoje o pensamento está todo quebrado, vamos tentando costurar seus cacos, fazê-lo durar. Me sinto no meio do caminho, com um olho lá, outro cá. Vanessa diria que isso é coisa de geminiano.

Sorbonne

Foi por acaso. Não pensei em conhecê-lo, nem sabia que vivia aqui. Ele era para mim só um nome, F. C., uma abstração autoral, o cara que publicou o artigo sobre o copista. Faz dois meses, vi alguma coisa numa rede social, uma mesa literária na Sorbonne. Tinha uma escritora de Portugal, uma moçambicana, e ele. Decidi passar lá. No fim da sessão, me aproximei, contei a história, expliquei por que tinha vindo parar em Paris. Ele escutou com interesse, talvez um pouco espantado. Não imaginei que a gente se veria mais vezes. O escritor de carne e osso é um cara informal, mais jovem do que eu supunha, engraçado, um pouco maníaco. Temos nos encontrado com frequência, seria mais prudente se fosse menos. Evito falar sobre minha pesquisa, meus planos, tenho medo de que as minhas ideias se confundam com as dele.

Claricia, iluminadora medieval. Já ouviu falar dela? Viveu entre os séculos XII e XIII, na Alemanha. Ficou conhecida por ter deixado um autorretrato num livro de salmos, num mosteiro beneditino em Augsburgo. Uma espécie de assinatura. Logo abaixo de uma letra Q inicial, toda ornamentada, está o desenho de uma mulher deitada, os pés esticados para a margem, os braços pendurados no olho da letra. O contorno do corpo corresponde à cauda do próprio Q. Numa fita atrás da cabeça, aparece o nome dela, Claricia. A mulher tem os cabelos soltos, está em posição relaxada. O olhar é debochado, tem um toque de humor. Não é o retrato de uma freira.

Guta, ou Guda, não sei, também assinou com o próprio retrato. A iluminura está num livro de homilias do século XII, de um monastério perto de Frankfurt. "Guda, mulher pecadora, escreveu e pintou este livro", é a frase que aparece em volta do rosto dela, com hábito de freira. Guda acena para o leitor com a mão direita, como se dissesse, "veja, estou aqui".

Outro exemplo que descobri com Lygia é o da sra. Ende, de

Gerona, na Espanha. Uma freira do século x, que assina, junto com um padre, as ilustrações de *Comentário do Apocalipse*. "Pintora e serva de Deus", é o que diz de si mesma no colofão, para a posteridade. Há outros casos, mas não são muitos. Essas mulheres quebraram a regra da timidez, quiseram mostrar-se, gravar o seu trabalho. E certamente há muitas delas no limbo, à espera de um arqueólogo. Alguém que resgate uma letra, uma ponta de cabelo, de tecido, e seja capaz de contar uma história. Foi o que aconteceu com as freiras alemãs, as que tinham lápis-lazúli nos dentes. De tanto molharem a ponta do pincel na boca, o azul do pigmento entranhou nos dentes, sedimentou-se num cálculo. São mulheres do século xi, de uma comunidade religiosa em Dalheim, na Alemanha. Foram enterradas no cemitério da igreja. Mil anos depois, baixam ali os cientistas, exumam as ossadas, fazem exames com o microscópio. Pela tinta, deduzem que eram iluminadoras. Pela tinta, deduzem que eram educadas. Pela tinta, deduzem que gozavam de boa saúde. Pela tinta, constroem o relato da migração de pedras do Afeganistão para a Europa Central. Um minério sai do Oriente, viaja um quarto de mundo para incrustar-se no dente de uma mulher — tornar-se parte do seu corpo.

No caso de Sophia, a gente podia tomar o estilo como pista. O fato de que os desenhos feitos por ela evocam a técnica de Fontainebleau. Não é esse um dado real, de acordo com os estudiosos? Então estamos diante de outra hipótese. Ela teria nascido em Paris, não em Veneza. O título de copista real pode ter enriquecido a vida de Vergécio com as mulheres. Ele chega a Paris em 1540, logo se torna pai. A menina cresce no meio de artistas. É ela quem o ajuda a melhorar seu francês duro, a abafar o sotaque cretense. Ela aprende com mestres iluminadores locais, tem contato com os italianos residentes na corte. De vez em quando Vergécio consegue levá-la ao castelo, ela se perde no ateliê, não se cansa de ver os nus, as Vênus, as mitologias. Primaticcio, Rosso, Clouet. São nomes que soam pesado na sua cabeça. Começou a desenhar ainda criança. Tem por volta de treze anos quando ilustra o primeiro bestiário copiado pelo pai. Quem sabe um dia vão descobrir um fiapo de cabelo infantil retido sob uma camada de azul.

No século XVI, copistas estão aprendendo tipografia, comercializam papel, querem se tornar editores. Os miniaturistas também têm que se virar. Tem iluminador pintando parede, vitral, fachada de casa, de igreja. Manuscrito já é relíquia. Estou certo? Então Sophia deveria aprender um ofício moderno, algo das novas tecnologias. Mas o pai sonha que a filha faça o que ele nunca teve talento para fazer, desenhar. E a arrasta com ele para um tempo morto. Como um sapateiro que, hoje em dia, conduz a filha a aprender corte e costura. Sophia deseja viajar, conhecer a Itália, os Flandres. Quer aprender escultura, estudar os astros, tocar alaúde. Quer escrever versos. Quer pintar como Sofonisba, de quem ouviu falar. Quer ser elegante como Diane de Poitiers. Quer ser culta como Catarina de Médici. Mas acaba se rendendo à vontade do pai.

Os modelos que a menina copiava eram de livros impressos. Na época, Paris já era uma cidade cheia de bibliotecas. Vergécio teria acesso a algumas. A de um amigo próximo, por exemplo, um jurista, homem das leis, professor na Universidade de Paris. O detentor de um acervo esplêndido. É na casa desse jurista que Vergécio descobre a *História dos animais*, de Conrad Gessner, e o leva emprestado para a filha. O volume foi publicado em 1551, em Zurique, está em latim, mas o que importa são as ilustrações. Sophia faz primeiro alguns rascunhos, em papel barato. Copia um alce, um macaco, um tigre. Guarda na gaveta o gato que desenhou ao vivo, o gato que espreita atrás da porta.

Quando tenta fazer uma figura diferente, destemida, o pai a repreende. À noite ela tem dificuldade para dormir, tem pesadelos com chamas. No centro da praça, o rosto de um homem brilha, queimado na fogueira dos próprios livros. As cinzas dos papéis entram pelas janelas das casas. Dizem que duvidou de Deus. Ela volta ao peixe que estava copiando, distraída, desenha na margem um vestido espanhol. É o que está na moda na corte.

Você escreveu que Vergécio tinha um filho. De onde veio essa informação? Andei relendo o seu artigo, com calma, prestando atenção nos detalhes históricos. Verifiquei as fontes que pude. Os Vergécio provavelmente formaram uma pequena comunidade em Paris, um clã. Todos migraram de Creta. Imagino um parente encadernador, um gravador, um fabricante de pergaminhos. Nicolas Vergécio, segundo Alphonse Dain, é sobrinho de Ângelo. Membro da Plêiade, a corporação de poetas. Quando ele morre, é Baif quem faz o seu epitáfio. Seja como for, se Vergécio teve um filho, ou uma filha, há uma pergunta que você não fez. A mãe. Onde está a mãe? Não dá para achá-la no sobrenome, as mulheres não estão no sobrenome. Quem é a mãe? Uma conterrânea, uma migrante cretense como ele? Um documento diz que Ângelo não deixou herdeiros. A mãe da menina também é um vazio nessa história.

Olha, parece que vai chover.

Louvre

Já contei mais de trinta, só no acervo do Louvre. Pinturas, esculturas, desenhos. Diane de Poitiers em Diana caçadora, Diane de Poitiers no banho. Diane de Poitiers na cama. Na fonte, na floresta. Diane confundida com Gabrielle. Diane de Poitiers diante do espelho, em seu toalete. Diane dos artistas, dos livros. Diane e seus cornos de lua, seus cervos, seus cães. Seus músculos fortes, seus lençóis. Diane com suas joias, seus perfumes. Diane e sua força, seu sexo, suas flechas. Descobri que Sophia também fez a sua Diane. De rosto corado, boca pequena, lança em punho. Cabelos em forma de coroa. Um medalhão circular, em pergaminho, na encadernação de um manuscrito chique, feito para Henrique II. Tal como a camponesa que Sophia retratou seminua, Diane tem os seios à mostra. Tal como a Diana Caçadora que te mando aqui (e que ninguém sabe quem pintou), ela ergue suavemente o pé esquerdo, caminha ao lado de um cão. A deusa Diana está em Diane de Poitiers, amante do rei. Diane de Poitiers está em todas as mulheres, é o espectro de mulheres futuras. Hoje passei o dia no Louvre, fiz inúmeras listas.

Sempre me perguntam, nunca usei os sinais de revisão. Nem mesmo na Imprensa. Mal conheço os símbolos. Olho para eles como se fossem taquigramas. Com um sentimento cabalístico e uma curiosidade pictográfica. Sei que até hoje há editoras que usam essas marcas. Para fazer a revisão de provas, quando o texto já está diagramado. São praticamente os mesmos sinais dos primórdios da tipografia. Feitos à mão, em contraste com caracteres impressos. O deleatur, por exemplo, talvez o mais conhecido. Apagar, suprimir. Aquele rabicho, parecendo um Q, uma corda. Já li que teria vindo de uma letra grega, um fi, um teta, até mesmo um delta. É fácil ver a semelhança entre os traços. O mais provável, no entanto, é que seja originário de um "d" cursivo, de uma escrita romana medieval. O deleatur, as ligaturas, as barras. São símbolos da época dos incunábulos, se não de antes. Por um lado, a gente sabe, têm uma função de ordenação, típica dos livros impressos. Surgem em sincronia com as gramáticas modernas, com os padrões bibliográficos. Por outro, conservam essa aparência primitiva, caligráfica. Parece então que já surgiram como um anacronismo, uma reminiscência do manuscrito na era da prensa. Ainda não foram completamente derrotados pelos programas da Adobe.

Conheço revisores que trabalham direto no computador. Não sou um deles. Na maioria das vezes, revejo no papel, corrijo no computador. O que não falta na minha casa é lápis e caneta. Necessito ver o texto inteiro, impresso, para ter uma visão abrangente. O computador limita o alcance dos olhos. Gosto de imaginar que a rolagem da tela nos devolve à Antiguidade, que o manuseio é análogo ao de um rolo de papiro. Não, nunca experimentei o luxo de um digitador, muito menos de um datilógrafo. Já estavam extintos quando comecei a trabalhar. Na Abelha, se o caso é de conferir provas, me entendo com Betânia na base das setinhas, círculos e grifos.

O revisor, você sabe, está sempre ali, na lateral da página, sua área restrita. É o mesmo espaço reservado ao seu sucessor, o leitor, que tem direito a um lápis na mão. Mas é também, ainda que em memória, o lugar das ilustrações. Onde habitavam os demônios, as quimeras, os anjos. Verdadeiro jardim de delícias. É comum supor que o revisor é vítima de algum fracasso, que teria vontade de tomar o posto do escritor. Sugiro uma hipótese alternativa. Se o revisor tem algum tipo de desejo inconsciente, não será o de invadir o centro da página, mas sim o de assumir de vez o domínio da margem, manter-se nela, aguardando a chegada do leitor. Às vezes penso no revisor como um ilustrador que não deu certo.

Na Imprensa, havia sim. Uma certa tara por ortografia, entre os funcionários mais antigos. Maiúsculas e minúsculas, travessões. Era essa a língua que importava. Qualquer tropeço causava mal-estar, era motivo para torcerem o nariz. Acho que alguns nem dormiam, atormentados. Se um hífen passava despercebido, se as aspas ficavam fora de lugar. Isso foi nos anos 2000, todo mundo usava computador, algumas convenções não faziam mais sentido. Mas você sabe como a autoridade gosta dos formalismos, como certos formalismos podem ser o último reduto de um autoritário. Me lembro dos caras da sala ao lado, encarregados dos atos oficiais. Os textos chegavam das secretarias, eles faziam a revisão para publicar. Um diante do outro, em colação. Às vezes surgia a discussão sobre uma sigla, eles se inflamavam. Sempre em detrimento das coisas concretas, daquilo que poderia tocar a vida de alguém. Me lembro de um sujeito, formado em engenharia ou coisa assim, que se gabava de saber todos os coletivos, os parônimos. A ditadura já tinha acabado havia duas décadas, mas sobrevivia em manias perversas. A ditadura é assim, deixa também fósseis linguísticos. Sempre tem gente para reverenciá-los, de vez em quando querem a sua exumação.

Se você pensar bem, a internet veio derrubar muitos mitos em torno da língua. Deu uma sacudida nas regras, no purismo, em certas ideias de correção. Trouxe esse monte de ferramentas de escrita, de tradução. Alguém pode achar que o revisor saiu perdendo, que logo não haverá mais trabalho para ele, que os programas de computador vão corrigir tudo sozinhos. Talvez esteja surgindo um novo papel para nós, um papel redentor. O de restaurar a dignidade das palavras, remover o gesso que está sendo forjado para contê-las.

Jardim de Luxemburgo

Estava dando uma espiada na vitrine, o sebo é antigo, notei dois caras do lado de dentro, no fundo. Zanzavam de um lado para outro, revirando as estantes, pilhas de livros no balcão, no chão. Um deles carregava uma sacola, o outro empurrava um carrinho de compras. Entrei. Uma biblioteca inteira, fresca, tinha acabado de chegar. O sujeito do carrinho queria rasgar uma caixa lacrada. "Primeiro vocês têm que comprar o que está exposto", o livreiro repetia. Pareciam todos íntimos. Bisbilhotei um pouco, me senti uma intrusa. Muita filosofia, religião, ciência. Paleografia, diplomática. Coisas em latim, italiano, inglês. O defunto era certamente um erudito. Arrematei por cinco euros a réplica moderna de um livrinho de horas, saí feliz. Tomei um sorvete na esquina, agora me assentei no jardim. Muita gente aproveitando o sol. Na folha de rosto do livro descobri um ex-líbris. Quem quer que herde um volume dessa biblioteca vai ver o papelzinho. Um ex-líbris é também um epitáfio.

Vergécio é um celibatário convicto. Não se casou, nunca deu sorte com mulheres. Costumam espantar-se com sua magreza, sua falta de dinheiro, seu olhar antigo. Quem lê suas cartas presume um homem cerimonioso, recatado. Antes de mais nada, é um artesão das letras, desapegado da vida material. Sente-se honrado com o serviço que presta para o rei. Então, para enxergar a história sob esse ângulo, temos que alterar a ideia de filha.

Vergécio sempre precisou de uma assistente, desde os tempos de Veneza. Resiste a ter do seu lado alguém que não seja da família, que ignore suas raízes, seus costumes. A letra bonita ele já tem, mas, para as suas pretensões, não dá para prescindir de um miniaturista, alguém que saiba requintar suas cópias. Há vários mestres na cidade, mas Vergécio quer ter o controle do seu trabalho, comandar as ações do iluminador. Faz pouco tempo, ele sabe, faleceu um mestre iluminador que prestava serviços para abadias e capelas na região de Paris. Um especialista em livros litúrgicos. Diga-me o nome de um ponto onde se concentravam livreiros em Paris... *Rue Saint-Jacques, Pont Notre-Dame.* Obrigado. Pois bem, faleceu o mestre Pierre Dubois, me soa bem, que possuía um ateliê alugado na rua Saint-Jacques, 39. Dubois deixa uma filha adolescente, a quem estava ensinando o ofício. Vergécio o conhecia, já tinham conversado, às vezes se consultavam sobre problemas com a qualidade dos couros. Vergécio crê que o momento é propício, procura a viúva e lhe propõe um acordo. Um contrato de aprendizagem para a jovem. Ela tem, sabe-se lá, quinze anos. Ficará sob seus cuidados por uma década, ele a instruirá na arte da caligrafia, também em técnicas de encadernação. Eventualmente, a moça poderá ter contato com artistas de Fontainebleau. Vergécio se compromete a provê-la com os materiais necessários, tintas, papel, pergaminho. Providenciará um lugar iluminado para ela desenhar, isso é importante. Fornecerá roupas, alimentação, sapatos. Em troca, em vez de pagá-lo em espécie, a aprendiz ilustrará os livros que ele indicar. Dentre as pessoas que convivem com os dois, alguns sabem que ela é uma assistente de Vergécio. Vários pensam que é sua filha.

Biblioteca Nacional francesa

Na rua à procura de rostos. Rostos de mulheres jovens. Nos cafés, no metrô, nos jardins. Estudantes, garçonetes, balconistas, feirantes. Meninas fumando, meninas lendo, meninas namorando. De cachecol, de turbante, de chapéu. De luvas, com meias coloridas. De cabelos longos, curtos, com tranças, carecas. Ruivas, pretas, loiras, brancas. Com capas de chuva, cachorros, sombrinhas. Às vezes elas escapam antes da hora, me deixam sem um detalhe dos olhos, do nariz. No fim da tarde, uma nuvem escura cercou a esplanada da Biblioteca Nacional. Sophia pode ser qualquer uma, os rostos não mudam muito em quinhentos anos.

Se eu tivesse que criar uma teoria, uma tipologia da revisão, acho que começaria pelos olhos — pelo movimento ocular. Se cada revisão requer um modo distinto de ver, então eu poderia propor um catálogo de pontos de vista. O olhar panorâmico, por exemplo, de sobrevoo — muitas vezes o preferido para ingressar num texto. Como uma águia nas alturas, o revisor desliza pela página verticalmente, de cima a baixo, mapeando o terreno, as estruturas. O interesse aqui é a ordem geral do texto, sua aparência à distância. O revisor reconhece o território, seus possíveis acidentes. É um voo de altitude, ligeiro, para calibrar o espírito e armar o ataque.

Em seguida, o revisor está com os papéis sobre a mesa, concentrado. Seus olhos agora se movem da esquerda para a direita, em zigue-zague. Às vezes retornam na mesma linha, demoram a avançar, como a agulha emperrada de uma vitrola. Talvez seja esse o modo mais típico do revisor, e o mais lento. O olhar varre a superfície do texto, mas também os buracos abaixo dela, as frases truncadas, os curtos-circuitos. O texto aqui é uma noite cheia de armadilhas, convém enxergar como as corujas. No fim, os olhos ardem. Sempre sofro com isso. Antes de dormir, eles continuam se mexendo, de um lado para outro, debaixo das pálpebras cerradas.

Se o olhar está ansioso, a mão reage na mesma sintonia. Risca a página, corta, emenda. A fisiologia dos músculos é integrada, e a mão responde nervosa, com círculos, com setas. A nota orienta e provoca, sem decidir — é o próprio princípio da escrita. Se o impulso do revisor é destroçar o texto, o que comumente acontece, talvez seja a hora de acender um cigarro. Nada melhor do que um cigarro, você sabe, para mudar o rumo de uma história.

Outro momento. Inclinado sobre a mesa, o revisor tem a cara colada no papel. Mal pisca. O lápis desliza rápido, acompanhando o vaivém dos olhos. Ele nem se dá conta se entrou alguém na sala, se fazem barulho, se a noite chegou. Desligou-se do entorno, está catando os ciscos, o último pó. A grande virtude do revisor não é dar soluções. É farejar o erro, a possibilidade do erro. O silêncio precisa estar como um dicionário na mesa do revisor.

Você está tomando essa cerveja. De repente tem uma ideia para o seu livro, corre e rabisca alguma coisa no guardanapo, de um jorro. Você, escritor, está imerso no presente. É no presente que as suas palavras deságuam, vindas sabe-se lá de onde. Da mesma maneira, é no presente da língua que o leitor existe — no instante em que lê. Entre os dois, está o revisor. Ele não é o escritor, tampouco é o leitor, mas simula a posição de ambos. Ao retomar o lugar do escritor, mira o passado. Se antecipa o leitor, mira o futuro — como um Jano bifronte, o deus romano de duas faces, das passagens, dos portais. Em qualquer das direções, mira aquilo que no texto se mantém escondido. Mas há um preço a pagar por isso. Para ser ao mesmo tempo um e outro, o que escreve e o que lê, o revisor deixa escapar o próprio presente.

Você mesmo, F. C., pode revisar o que escreve — esse pode ser inclusive o seu método. Antes de dispensar o revisor, porém, precisa se perguntar se consegue: se será capaz de corrigir-se a si mesmo, e quantas vezes forem necessárias. Porque rever não é apenas retificar *o texto*. É retificar *o próprio sujeito* que lê. Para mim, escrever é isso, suportar sempre um novo ponto de vista. Quem não é capaz de deslocar o olhar, morre petrificado — ou cego. As mãos que corrigem podem ser as mesmas, mas o olhar precisa sempre ser de outro.

Porte Saint-Denis

Me disseram que os desenhos de caça nos manuscritos de Vergécio não poderiam ser da mesma pessoa que ilustrou os bestiários. Pela diferença no cuidado, pela rasura nos detalhes, nos contornos. Sophia teria tido então um colega de trabalho. Aprendi, entretanto, que essa discrepância não é da mão de quem pinta, é da qualidade do modelo. Sophia reproduzia desenhos bons mas também os medíocres, o resultado depende da fonte que ela é obrigada a seguir. Um leão de juba lambida não se compara com o que cospe fogo. Um cavalo de manada, rematado às pressas, não pode ser como um unicórnio. Não paro de pensar no medalhão da Diana caçadora, aquele que Sophia pintou na capa de trás do livro. Entre os desenhos dela, esse é talvez o único que não foi copiado de um tratado impresso ou de outro manuscrito. Não paro de pensar no cinamomo, o pássaro exótico que deixaram em branco em alguns bestiários, porque ninguém sabia como era. Até que a própria Sophia inventou o seu, com asas de canela, alçando voo. Foi essa a versão que tatuei no meu tornozelo, com um artista indiano na Porte de Saint-Denis.

Dizem que as teorias mais simples são as melhores. Costumam ser também as mais elegantes. Einstein imaginou algo difícil de acreditar. Antes de se tornar a teoria mais impressionante da história, a Relatividade era uma ficção extraordinária. Seus pares custaram a aceitá-la. Se a teoria diz respeito a uma história, a uma narrativa submersa, as que soam mais espontâneas, que contêm menos elementos, têm chance de ser mais prováveis. Mas nem sempre são as mais admiráveis. A gente poderia varar a madrugada imaginando como era a filha de Vergécio, se existiu, se fugiu, se sofreu.

Às vezes me vem à cabeça uma imagem única, limpa. A de uma jovem quase adulta surgindo repentinamente na vida do pai, como um meteoro. Uma mulher vinda de Veneza entra no ateliê de Vergécio em Paris e se apresenta. Tem vinte anos, foi educada em letras e em artes, como uma cortesã. Sabe um pouco de pintura, desenha bem, escreve, conhece Aristóteles e Petrarca, é ótima leitora. Está ali, diante do pai até então desconhecido, por causa de uma desilusão amorosa. Depois de ser abandonada duas vezes por dois amantes diferentes, decide buscar o pai. Quando a imagino dessa maneira, é uma mulher sem infância. Ela é apenas uma cena. Em um livro, seria um verbete, não uma biografia. Seria um comentário, não um relato. Uma frase curta, mas violenta, numa enciclopédia por vir. O grande livro de personagens que nunca existiram.

Quando Vergécio termina seu último manuscrito, em 1568, a ilustradora já partiu, deixando o espaço dos desenhos em branco. Não queria assistir à morte do pai. Vislumbro nos porões do Louvre uma pintura perdida que remete a essa cena.

Les Halles

Não dá para saber, mas aqui era o cemitério dos Inocentes, ocupava toda a área da praça. Durou uns mil anos, até o século XVIII. Até ninguém suportar mais o mau cheiro, e as ossadas transbordarem para a vizinhança. Foi quando proibiram os enterros dentro da cidade e nas igrejas, começaram as migrações. Em cem anos, seis milhões de caveiras migraram para as Catacumbas de Paris. Rabelais saiu da igreja Saint-Paul. Montesquieu, de Saint-Sulpice, Pascal, de Saint-Étienne-du-Mont. Hoje nenhuma ossada pode ser identificada, os famosos se misturam com os desconhecidos. É provável que os restos de Vergécio também estejam lá, nas Catacumbas, junto com seus contemporâneos gregos. Escrevo do café da esquina, me serviram um vinho divino. No centro da praça, a fonte ganha vida à medida que esvazio minha taça. Recebi hoje uma longa mensagem de Helen, um convite para Nova York. Estar sozinha me faz rir, às vezes chego a gargalhar.

Sim, podemos pedir a conta. Acho que bebi demais. Não se preocupe, aqui no bar eles chamam um táxi para nós. Descemos juntos, te deixo no hotel, com essa chuva é difícil arranjar um carro. Aliás, eu deveria mesmo é tomar cuidado com esse tempo. Pelo menos se for levar a sério as coisas que Vanessa diz. Dependendo da interpretação, o melhor seria nem sair de casa.

Ontem à noite ela me ligou, achei que era uma notícia ruim. Agora estou desse jeito. Sempre que alguém me procura, que toca esse maldito celular, penso que é para comunicar morte. Não sei se existe mais no mundo um lugar livre dessa apreensão. Dessa vez ela queria me falar de uma taróloga. Da visita que tinha feito à Regina, uma taróloga conhecida dela. Conheço Regina, chegou a ser minha amiga também. Uma estudiosa de cartas e tudo mais. Foi professora de Vanessa em alguma matéria na universidade. Regina tem uma coleção impressionante de tarôs, é viciada nos baralhos. De Marselha, do Egito, da Itália. Só coisa fina. Sei que ela não lê por dinheiro, não joga para qualquer um.

Volta e meia Vanessa aparece lá, para uma consulta. Regina tinha preparado uma mesinha na sala, forrou-a com um cobertor, as duas estavam de frente uma para a outra. Conheço a casa. Um lugar bem exótico, no alto da Serra. Tipo um castelinho, com escadas internas, muitas plantas e umidade, uma vista esfumaçada da cidade. Segundo Vanessa, o baralho foi cortado, Regina dispôs as cartas, a leitura fluiu. Já iam pelo meio da sessão, lá pela oitava carta, e por algum motivo Regina indagou sobre mim. "Só encontro Eduardo quando sonho com água, com dilúvio", foi o que Vanessa respondeu. Foi nesse exato momento, segundo ela, que um vento forte de chuva, desses repentinos, que ensopam o chão, entrou pela janela da sala e se encarregou de desvirar em cima do cobertor a carta da vez.

Ainda estou tentando juntar as peças. Vanessa acabou não comentando mais nada. Teve que desligar o telefone em seguida, nem deu tempo de eu perguntar que carta era.

Biblioteca do Vaticano

Dessa vez encontrei o professor Carlo enfermo. Vim para Roma assim que ele me ligou, disse que tinha informações que poderiam me ajudar. Deixei Paris sem me despedir de F. C. O professor Carlo está fraco, falando devagar, mas com extrema lucidez. Não perdeu o humor. Passei a manhã inteira na sua casa, tomamos sol, é como se fôssemos amigos de outra vida. Ele não abriu nenhum livro, apenas contou histórias, nunca tira seus óculos redondos. Está com uma palidez magnífica, a barba cresceu, ainda sorri. Na Biblioteca do Vaticano, o professor tem uma amiga de nome Vera, especialista em manuscritos da Renascença. A pedido dele, ela examinou em Veneza o manuscrito que descobri. Amanhã vou encontrá-la em seu gabinete. Não sei se verei o professor Carlo novamente.

PARTE III

Chelsea

Desembarque no JFK, engarrafamento a caminho de Manhattan. Avenida larga, quatro ou cinco pistas, todas com filas de carros. O motorista vai em zigue-zague, tentando aproveitar os flancos. Antes de avançar, balança a mão, mostrando a faixa que vai tomar. Como os atletas olímpicos do salto, que pedem palmas e fazem um gesto na direção da pista, o pensamento projetado para a corrida. Na porta do prédio, já no Chelsea, o motorista tira minha mala do carro, põe na calçada, fico parada em frente ao número, sem saber direito por onde entrar. Sinto só o vento gelado que chega do rio.

Há uma referência na *Odisseia*, você sabe. No canto XIX. Penélope narra a um forasteiro, sem saber que o forasteiro é Ulisses, o sonho recente que havia tido com o retorno do marido. No sonho, uma águia surge do alto de uma montanha e ataca violentamente os vinte gansos que ela alimenta no quintal. É uma carnificina, nenhum sobrevive. Em seguida, a própria águia lhe revela, com voz humana, que aquele era um sonho verdadeiro, e iria se cumprir. Os gansos simbolizam os pretendentes, a águia representa Ulisses, prestes a retomar seu palácio. Penélope acorda transtornada, os gansos continuam no quintal. De onde veio esse sonho, ela se pergunta. Passou pela porta de chifre ou pela porta de marfim?

É a primeira vez, se não me engano, que essa imagem aparece na literatura, a das portas de chifre e de marfim. Os sonhos que chegam pela porta de marfim são enganosos, os que chegam pela porta de chifre vão se concretizar. Na *Eneida* há uma menção a essas portas, nas sátiras de Horácio também, com a mesma dualidade. O chifre aponta para o alto, para o mundo solar, o marfim é a presa, curvada para baixo, para o mundo das trevas. O chifre tem correspondência com os olhos. A córnea, os cornos. O marfim é uma extensão dos dentes, sua relação é com a boca. Recentemente li algo sobre um jogo entre os significantes dos dois termos. Em grego, a palavra "chifre" tem relação com a palavra que significa "realizar-se", e a palavra "marfim" assemelha-se à palavra que significa "enganar". No fim das contas, as portas são uma metáfora da realidade, ou da ambiguidade do real. Mas são também uma metáfora da nossa capacidade de percepção.

Penso no acaso e no sonho. Eles têm muita coisa em comum, não é? Sinais, presságios. Ambos propiciam alguma comunicação com o desconhecido. Ambos manipulam peças que não controlamos. Criam eventos fora do espaço-tempo ordinário. Certos acasos podem até ser um modo de sonhar, como ocorre nas *Mil e uma noites*, em certos contos orientais. Acaso e sonho se juntam numa única roda, uma vertigem sem fim. Tanto o sonho quanto o acaso abrem portas para o futuro, para o reino dos mortos. Para o inconsciente. Ambos são fontes para a criação. Se o sonho é uma viagem ao outro mundo, o acaso seria uma visita do outro mundo ao nosso?

Um mesmo número surge na sua frente várias vezes no dia. O evento é improvável, parece significar alguma coisa, o desafio é entender o quê. A resposta vai depender da sua capacidade de juntar os pedaços, de interpretar. Em que medida uma coincidência é um aviso ou uma banalidade? Em que medida te mostra o que já está diante de você? Que acaso vem pela porta de chifre, pela de marfim? Se o que chega pelos olhos é mais confiável do que o que é dito, talvez as imagens sejam mais verdadeiras do que as palavras.

Venha aqui na janela, por favor. Olhe na esquina. Ali, está vendo? Na frente do estacionamento. Os jogadores em volta do tabuleiro, a mesa improvisada. Todo dia esses caras se reúnem para jogar. Faça sol ou chuva. Acho que são aposentados, moram por perto. Já conheço até as reações deles. Se os dados caem e ninguém se mexe, o lance foi trivial. Dois, três, dois. Um, um, quatro. Nenhuma expectativa foi rompida, o acaso agiu conforme a lei. A gente chama isso de sorte, não é? Boa ou má. É o acaso em sua forma discreta, está em cada acontecimento, no fluir da vida. Esses caras gastam horas ali, sacudindo os dados. Chega um momento em que um deles pula do banquinho, grita, aponta para os dados. Seis, seis, seis. É o pequeno milagre que ele queria. Os dados foram ao limite, responderam a um desejo escondido. O acaso já não é discreto, a gente pode chamá-lo de coincidência.

Que tal o meu café?

A coincidência é então aquele ramo do acaso em que, de forma inesperada, dois caminhos se cruzam. Ou se espelham. Um enlace, um retorno. Produz-se uma faísca, uma iluminação. Esbarrar num estranho duas vezes no mesmo dia, por exemplo. Abrir o livro exatamente na página que você procura. Sonhar com uma amiga remota e receber uma mensagem dela ao acordar. Tem aquela história do Jung. Na sessão com uma paciente, ela lhe conta o sonho no qual recebia um escaravelho dourado de presente. No mesmo instante, um besouro se choca contra o vidro da janela. O pensamento coincide com o acontecimento — Jung chamou isso de sincronicidade. Queria só saber como Jung veria um mundo em que, ao abrir uma janela, a pessoa se depara com outras incontáveis janelas, todas elas piscando e zunindo ao mesmo tempo, e de uma delas surge exatamente a imagem da coisa que a pessoa tem na cabeça. Acho que ele ia entrar para a fileira dos esotéricos.

No extremo, o acaso — ou a coincidência — gera os ganhadores de loteria. Gera também os sorteados para a morte. O passageiro de um voo fica preso no engarrafamento, não chega a tempo de embarcar. O avião desaparece no oceano. Devido a um problema nos computadores, uma mulher sai mais cedo da empresa onde trabalha, decide ir ao cinema. Na fila para o ingresso, encontra aquela que será sua sócia, e a livrará da mediocridade do emprego. Nesses casos, penso, o acaso deixa de ser uma contingência para se tornar um nó, ou uma bifurcação. O destino parece tragado pelo incidente. O futuro surpreende, ganha um rumo inusitado. Poderia chamar isso de singularidade?

O caso de Ulisses, por exemplo. Já que falei da *Odisseia*. O destino de Ulisses é traçado pelos deuses. Mas ele é rebelde, tinhoso. Desvia-se do caminho, cai em armadilhas. Dá trabalho a Atena, que precisa intervir para assegurar a vontade dos imortais. Ela planta ideias na cabeça do herói, de Penélope, dá conselhos no ouvido. Quando convém, espalha o sono, açula os ventos, as tempestades. Atena fabrica os acasos necessários para que Ulisses se mantenha na linha. São armações divinas, acasos que quase não são acasos. E o artifício está às claras.

Gosto mais do *Édipo Rei*, a tragédia de Sófocles — se é que posso opinar. Ali há também um destino a ser cumprido, contudo os deuses não intervêm. Pelo menos, não à vista do espectador, ou do leitor. Nem por isso deixa de haver uma predição, que é incontornável. Me parece uma estratégia mais engenhosa. O oráculo é onisciente; antecipa o que os homens, com sua visão limitada do tempo, não conseguem enxergar. Fugir da profecia apenas precipita o acaso. Não é isso que acontece com Édipo? Numa estrada, ele cruza com um viajante desconhecido, um ancião, os dois se desentendem, Édipo o mata. O viajante é seu pai. O acaso se apresenta como destino fatal. São as Moiras fazendo em silêncio o seu trabalho.

Hoje a gente tende a ver essas construções como gratuitas, ingênuas. Ainda que sejam abundantes nas novelas de tevê. Ouvir atrás da porta, por exemplo, descobrir na gaveta um bilhete comprometedor. São estratégias vulgares para desmontar um segredo. Escondem-se mal na teia da narrativa. Os romances, parece, evoluíram para escamotear o acaso, torná-lo o mais espontâneo possível. Concorda? É preciso esconder do leitor a manipulação feita pelos deuses. Ou pelos autores. Na apresentação à *Comédia humana*, Balzac escreve que "o acaso é o maior romancista do mundo", que, "para ser fecundo, basta estudá-lo". Mallarmé achava que o acaso é um método, algo a ser aprendido. Os céus dão sua força, mas o atingido precisa contribuir. Gosto de ver o acaso como um instrumento de defesa da inteligência. Quem sabe, uma arma para escapar da força oposta, a da padronização. O acaso é uma invenção.

Sociedade dos Ilustradores

Essa noite sonhei com Belo Horizonte. Sonhei que as águas do mar finalmente chegavam à cidade, ultrapassavam a serra e despencavam, era a última inundação. O segredo da serra estava exposto, era essa a sua profecia, o corpo da onda coincidia com o dela. Para me salvar, eu precisava subir depressa até o topo de um prédio bem alto. Eu ia correndo pelas escadas, só pensava no meu pai, onde ele estaria, se acharia um prédio para escapar. À tarde, encontrei-me com Helen na Sociedade dos Ilustradores, um edifício estiloso no Upper East Side, não muito longe do Central Park.

A história se perderia no abismo dos acasos inocentes, se os correios não me tivessem trazido esse postal. Chegou na manhã seguinte ao nosso encontro no bar. Não dava para ignorar a conjunção, uma coincidência na sequência da outra. Um sonho de Lygia em Nova York continua a sessão de tarô de Vanessa. E eu espremido no meio delas. Seria como um sinal para afirmar a existência do quebra-cabeça. Eu não tinha visto nada de mais no episódio na casa da Regina, a taróloga. Só mesmo Vanessa para vislumbrar algo extraordinário em uma carta virada pelo vento. Mas o postal acabou me deixando atiçado.

Comecei a olhar os postais de outra maneira. Ponho um ao lado do outro, assim, como cartas. Mudo-os de lugar. Será que essas imagens têm seu mundo próprio, suas disputas, suas sagas, e a gente enxerga apenas uma fresta dele de vez em quando? Será o mesmo mundo das fotografias? Se for, é também onde circulam os demônios, os espectros? Tantas ilustrações, tantas pinturas e tantos retratos, desde as cavernas. Visões, miragens, projeções. Será possível que certas formas, de tanto se repetirem, acabam ganhando autonomia, e assim queiram nos mostrar como se comportam? Será que as imagens agem como os fios e cordões nas gavetas, que gostam de se emaranhar no escuro, longe dos nossos olhos? Esse postal com a gárgula, por exemplo. O monstro esculpido na Notre-Dame. Quem sonhou com esse dragão? Gerações de mulheres sonharam com esse dragão, guardaram o dragão em catedrais imaginárias, protegido do esquecimento. Contaram sua história para as filhas. Alguns dragões foram queimados com elas, e esse dragão, essa gárgula, depois de séculos ia extinguir-se, mas por um triz, finalmente, consegue seu intento: livrar-se da prisão dos sonhos, multiplicar-se por aí, impresso em um cartão-postal.

Se você não treina o olhar, não percebe. O acaso nada mais é do que uma distração atenta. O risco é você enxergar torto, ou errado. Quantas vezes o sujeito é enganado pela vaidade, acha que a vida faz um giro a seu redor, e ele na verdade nada mais é que o coadjuvante de outra história, uma história que ele nem chegará a conhecer. Se algo me intriga, não posso deixar de perguntar: qual é meu papel nisso? Mal interpretado, o acaso resulta em cegueira. Édipo não ficou cego quando enfiou os espinhos nos próprios olhos. Ele sempre foi cego. Nunca conseguiu ver o que a realidade lhe mostrava. Se você é incapaz de entender o seu papel, pode tornar-se um joguete nas mãos dos deuses. Será que são os espíritos invisíveis do universo que se divertem às nossas custas, com charadas e jogos de adivinhação? Decidi ligar para Vanessa e perguntar que carta tinha sido virada pelo vento na casa de Regina, no momento da tempestade. "Foi a torre", ela disse. "Uma torre amarela, arrebentada no alto, desmoronando. E dois homens caindo no chão."

11th Ave

A atendente quase desistiu de mim, disse que não entende meu inglês, eu tinha ido só comprar umas canetas na papelaria. O cara do supermercado reclama que não sei o nome das verduras em espanhol. O taxista não sai do lugar quando digo: *"Third Avenue"*. "Não existe essa avenida em NY", ele diz. Tenho que dizer: *"Three Avenue"*. Desde que cheguei só escuto ruídos, balbucios. Não é inglês. Não é italiano nem russo. Não é nem mesmo uma língua exótica. Fársi, tibetano, tagalo. Não sei se é possível chamar de língua. O murmúrio das vozes se mistura com o do trânsito, das construções, com a fumaça que emerge dos subterrâneos. Não é língua nenhuma, pode ser uma imensa língua em ebulição. No fim do dia, que dura demais, que quase não acaba, a claridade remanescente parece distorcer a retidão das torres, dos arranha-céus, tal como estica as horas. Sou compelida a olhar para o alto. Uma espécie de gravidade ao reverso, curva toda a cidade. Todas as línguas são puxadas para cima.

Não sei exatamente como será a exposição de Lygia em Nova York. Só sei o que está nos postais. Helen, como te disse, ficou impressionada com o trabalho dela, mas eu não imaginava que fosse render um convite desses. Talvez Ibra tenha ajudado, feito alguma intermediação. Lygia viajou, ele permaneceu no Brasil alguns meses. A ausência dela acabou tendo peso na decisão que ele tomou de voltar para a Nigéria. Eles haviam se tornado muito amigos. Ibra se separou de Alice, viveu um tempo com outra mulher, não a conheci, durou pouco. A pandemia destruiu as festas na galeria de arte, a fase gloriosa passou. A última notícia que tive é que Ibra estava na Inglaterra.

Na semana passada recebi uma proposta nova de trabalho, se você quer saber. Não comentei com ninguém, nem com Betânia. Estava meio reticente, duvidando da minha capacidade. Da minha força para sair do lugar. A produtora do Lucas me escreveu. Vão transformar o livro dos imigrantes num documentário. Um misto de documentário e ficção, na verdade. Fui convidado para fazer o roteiro. Lucas vai colaborar, mas o responsável seria eu. Não posso deixar passar, não dessa vez. Conheço o livro, praticamente o reescrevi, isso foi reconhecido por ele. É claro que estou ressabiado.

Você vai voltar para Paris, F. C. Vai continuar sua vida de escritor, de correspondente. Provavelmente não nos veremos mais. Espero a qualquer momento passar por uma livraria, ver seu romance na vitrine. Queria, porém, se você não se importar, te pedir uma opinião. Desde que recebi o convite de Lucas, tenho pensado em como faria esse roteiro. Se manteria os dez personagens, cada um com sua história, se faria uma espécie de decálogo, ou se mesclaria as cenas, cruzando as narrativas, criando enfim um corpo completamente diferente. Estou anotando as ideias. Algo diverso me ocorreu, no entanto. Estive pensando em mais um personagem, o décimo primeiro. Uma espécie distinta de migrante, alguém que, na verdade, não veio de fora. Um migrante que nunca deixou a cidade, mas deslocou-se nela sem sair do lugar.

Confesso que pensei na minha própria situação, alguém que vê o mundo tornar-se completamente diferente sem nunca ter posto o pé fora do país. Acabei imaginando um personagem mais radical, um personagem atingido em cheio pela revolução tecnológica. Ele não tem celular, se recusa a participar do mundo virtual. Não consegue pagar suas contas, não consegue marcar um exame de sangue. Não consegue comprar ingresso para um show, não há como pedir uma pizza por telefone. Não sabe o que se passa no seu condomínio, pois não usa aplicativo de mensagens. O sujeito se tornou aos poucos um exilado do tempo. O mundo está lotado de migrantes dessa espécie. Deslocam-se parados. Muitos se desesperam, não têm para onde fugir.

Morgan Library

O tarô Visconti-Sforza é dos mais antigos que sobreviveram. Do século xv. Obra de uma família de nobres italianos, de Milão. As cartas misturam mitologia e magia, cultura religiosa e profana. Um encontro de eras. Imagens que se espelham e já estão em mutação. Hoje vi as cartas do acervo da Morgan Library, estão em exposição. Das setenta e nove cartas originais, sobraram setenta e quatro. A Morgan guarda trinta e quatro. No meio da visita, uma mulher puxou papo comigo, a sala estava vazia, ela disse que pesquisava a história do tarô. Nas origens, ela falou, nas origens mais remotas, o tarô não tinha vinte e dois arcanos maiores, tinha vinte e quatro. Cada símbolo correspondia a uma letra do alfabeto grego. Depois, para adaptar-se ao alfabeto latino, teria perdido duas cartas. A letra "y" não contava, ela disse, pois não iniciava nenhuma palavra. Não sei se a história tem algum fundamento ou se é pura fantasia. Quando se vai de um país a outro, sempre ficam mortos para trás.

A passagem que eu mais gosto é aquela em que o capitão Nemo apresenta ao professor a biblioteca do *Nautilus*. Estantes de jacarandá, divãs de couro. Doze mil volumes encadernados. Uma biblioteca palaciana, que nunca saiu da minha cabeça, desde que li *Vinte mil léguas submarinas* pela primeira vez. Sim, por causa do Castelo. Desconfio que a biblioteca do *Nautilus* acabou se tornando para mim uma espécie de arquétipo, desses que dormem e acordam na sua memória, mudam de forma, se disfarçam, mas estão lá, sem que você se dê conta. Nemo é o homem que rompeu com a humanidade, um fora da lei. É um exilado voluntário, e o país que escolheu para viver é na verdade uma substância, a água. Mas levou consigo os livros, último vínculo com a terra. A viagem dessa biblioteca pelo fundo dos oceanos torna literal uma das metáforas mais comuns da leitura. O mergulho do leitor é concreto, e sua solidão é real, assim como o silêncio. Acho que era mais ou menos isso que eu ia falar para os meus colegas de sala.

Há quanto tempo? Uns trinta anos atrás. O que na época não

dava para imaginar era a rapidez com que essa metáfora ia definhar, tornar-se obsoleta, junto com a mudança na própria leitura, na forma e nos hábitos de ler. É como se em um segundo toda a vida submersa, o que seria introspecção e profundidade, tivesse subido à superfície e não conseguisse mais imergir, isolar-se do mundo. Tubarões, baleias, cachalotes. Moluscos e crustáceos. Os peixes abissais. Simultaneamente para cima, esbarrando-se, esgotando uns aos outros. Ler não é mais mergulhar, é deslizar pela tona. O leitor não tem mais força suficiente para afundar-se num livro, está sempre sendo guindado à superfície. Não cabe mais o retiro da leitura. A palavra é copiada, transmitida, compartilhada. Uma exposição infernal à luz.

Não cheguei a fazer a apresentação no colégio. Não houve tempo, o ano letivo terminou, algo assim. Mas o livro é esse aqui, o que Castelo me emprestou. Decidi abrir umas caixas, acabei encontrando. Dê uma olhada. No fim. Tem uma folha solta, dobrada. Papel de seda, bem fininho. Está vendo? Desenho de criança. Imagino o assombro dela para ter desenhado um polvo tão medonho, com esses olhos esbugalhados, esses tentáculos desproporcionais. Quando Castelo me passou o livro, Lygia devia ter uns cinco anos. Certamente ele lia histórias para ela. Não tem nenhum nome no desenho, mas tudo indica que seja obra da filha.

A CARTA QUE CHEGOU DEPOIS

Nova York, maio de 2023

Eduardo,
meu amigo

Daqui vejo o rio East, os arranha-céus da ilha. Há poucos meses vi a neve. Foi graças a Helen que consegui me mudar pra cá. Um estúdio no Brooklyn, na Henry Street. Mais barato que no Chelsea, mais aconchegante também. E sem as ventanias. Tenho passado as tardes desenhando, redesenhando. Não deu tempo nem de pregar um quadro na parede. O apartamento é minúsculo, mas a vista compensa. Pendurei na porta a sombrinha que roubei da minha mãe. Sinto saudades dela. É tarde para cartas, você vai dizer, só que esta é minha última oportunidade. Como é mesmo que se escreve uma carta?

Não me passou pela cabeça, juro, que pudesse vir parar em Nova York. Há muito tempo não falava com Helen. Mas não tive
dúvidas quando o e-mail dela chegou, ficou tudo imediatamente claro para mim. Como se eu tivesse saído de casa para isso.
Como se eu tivesse peregrinado quase um ano para isso. As ilustrações que fiz desde Creta, as fotografias, as miudezas que jun-
tei. Eu estava pronta. Em busca de Sophia, a história que não
existe.

A exposição abriu ontem, dia 20, numa galeria no SoHo. Hoje é
domingo, acordei tarde. Enchi a garrafa de café, vim para a mesa diante da janela. O que houve ontem ainda está ecoando na
minha cabeça. Como se a exposição acontecesse dentro de mim.
Quando você tem um sonho extraordinário, precisa contá-lo depressa, com todas as névoas, enquanto não se dissipa. Queria pôr
cada coisa em seu lugar.

"Estou aqui porque você me conduziu", eu disse a F. C. quando
o encontrei em Paris. "Seu texto abriu uma janela para mim, foi
meu cartão de embarque", eu lhe disse. Na hora, os olhos dele se
incendiaram. Pois F. C. me viu desde o início como a mina de
ouro da literatura dele, a criatura que veio do outro lado do Atlân-
tico para devolver a garrafa lançada ao mar. Esse afeto excessivo
me incomodou. Foi por isso que me afastei dele sem avisar, não
me despedi, não respondi às mensagens que ele me mandou de-

pois, nem mesmo quando comunicou que iria a Belo Horizonte para encontrar você. Não me espantei. Você acabou se tornando a chave que ele, o escritor, precisava. Não sei o que fará com isso agora. Certamente, a essa altura, o romance já começou.

———————

Eu teria vindo direto de Paris para Nova York, sem pestanejar, se não fosse o telefonema do professor Carlo. Mesmo acreditando que, àquela altura, não haveria novidade que me fizesse mudar de rumo, como desdenhar de um chamado, de qualquer aceno do professor Carlo? Vera, a pesquisadora que examinou o manuscrito de Veneza, acabou confirmando minhas suspeitas. Era, sim, um achado. O mais vívido dos exemplares do poema de Manuel Philes copiado por Vergécio, um dos mais bem conservados, com iluminuras nítidas e detalhadas. Pela datação do papel, Vera disse, seria mais uma das versões — a décima — que ele produziu em Paris. Tal como as outras, não revelava o nome da desenhista.

———————

Desde que descobri o volume na Biblioteca Marciana, não tive muita dúvida. A identificação do copista estava dada, as ilustrações vinham da mão que eu já conhecia. O intrigante era que nenhum estudioso cita essa cópia, ela não aparece em nenhuma lista, nem mesmo no inventário da exposição de Paris. Num catálogo impresso, Vera disse, de quando ainda não havia registro digital, alguém atribuiu à obra um título equivocado. Confundiram-na com o *Fisiólogo*, uma coletânea de fábulas da Antiguidade usada por cristãos na divulgação de temas bíblicos. Por causa desse equívoco, talvez, poucos a consultaram, poucos a manipularam. Talvez por isso a aparência do livro ainda é exuberante. Fotografei a lista dos consulentes. Fazia quase trinta anos que outras mãos o haviam tocado. Então, ao abri-lo, foi como se as iluminuras tivessem sido feitas no dia anterior, e eu ainda podia sentir o cheiro da tinta, o ruído original do papel. Na estante de um palácio em Veneza, aqueles desenhos estavam quietos, esperando.

As hipóteses são infinitas, Eduardo. Os meandros do passado. Talvez a única saída seja mesmo não escolher, não assumir nenhuma realidade. Escolher é destruir todas as outras possibilidades. Sophia é um nome, inventei-a, basta. Em certos momentos, busquei Sophia em outras mulheres, outras artistas. Em Sofonisba — na sua partida de xadrez. Em Lavinia Fontana, em Louise Labé. Enxerguei o estilo de Sophia em pinturas apócrifas. Na orelha de um galgo, na curva de um braço, na aba de um vestido. Vi traços de Sophia no rosto de Diane de Poitiers. Vislumbrei provas irrefutáveis da sua assinatura. Obtidas com lupa, com raio X, autenticadas por especialistas. Mil conjecturas prestes a se concretizar. Passei noites gestando verdades de travesseiro, que se dissipavam no dia seguinte.

Agora não me importa mais o que *de fato* aconteceu. Se a história não pode ser real, a imaginação é que precisa ser verdadeira. Já não me importa se Sophia tinha instrução. Se era filha ou aprendiz. Quem sabe amante. Onde nasceu, quando nasceu. Todas aquelas hipóteses que fantasiei com você durante a pandemia. Não há prevalência desses fatos sobre o futuro. E agora só vejo o futuro, o que sucedeu depois. O futuro está em todos os lugares, inclusive no passado. Vergécio morre, Sophia sai de Paris, foge de Paris. Pode ter ido à Itália, ter feito o caminho inverso ao do pai. É só o que consigo ver. Sophia nas águas do Mediterrâneo, com a cabeça para cima, respirando o ar salgado. É uma história que não vai acabar. Sophia nunca vai retornar. Ainda está acontecendo.

Quando Helen me mandou o e-mail com o convite para expor aqui, ela não sabia que eu estava na Europa, que tinha saído do Brasil. Queria de todo jeito que eu apresentasse meu trabalho em Nova York. Por algum motivo, Helen sempre achou que meus desenhos mereciam outros ventos. Mas quando contei, um pouco envergonhada, o propósito da minha expedição, quando mencionei a artista desconhecida e suas iluminuras, Helen começou a ter ideias. Propôs uma espécie de exposição colaborativa, imaginou que eu podia convidar pessoas para copiar textos, o parágrafo de um livro favorito, por exemplo, uma citação, e fariam isso à mão, e eu desenharia nos espaços que elas deixassem. Ela teve essa e outras ideias, continua a ter ideias. Mas o que eu desejava era apenas indicar um percurso e suas bifurcações, com a maior simplicidade possível. A sombra de Sophia está em cada um dos meus desenhos. Como expor um fantasma, uma mulher-fantasma?

Desde que cheguei a Nova York, foram três meses de preparação. Helen dirigiu tudo, me orientou. A curadora. Não gosto dessa palavra, já te disse. Recebi os postais de volta a tempo, o pacote caprichado que você me mandou. Chegaram mais experientes às minhas mãos. Com a vida de que precisavam. Te agradeço demais. Neste momento estão suspensos, em cavaletes de vidro, entre os desenhos da viagem, fotografias, bilhetes de trem. No meio disso, Helen incluiu ainda pinturas que fiz em cacos de cerâmica, despojos de um vaso que quebrei numa pousada de Creta. Vou mandar para Betânia o catálogo, faz meses que não falo com ela. Espero que não apareça nenhuma errata.

Tive medo de que não aparecesse ninguém. Mas foram os convidados de Helen, seguidores de Helen. Gente perfumada, maquiada, descolada. Vinho californiano, taças de espumante. Ibra, acredite, surgiu do meio do nada, de surpresa. O homem-relâmpago. Veio e desapareceu, de passagem para o México. Ou para qualquer outro lugar. Entre os visitantes, havia apenas uma pessoa estranha, inesperada. Uma moça com cara de estudante, mochila de estudante, tênis colorido. Notei-a logo que entrou. Helen não a conhecia. Podia ser convidada de Ibra, pensei. Não era. As pessoas circulavam pelas salas, ela se aproximava de mim, rondando, se afastava. Uma hora a vi no corredor, outra hora no café.

Hoje amanheci agitada. Como se todos os acontecimentos dos últimos anos tivessem convergido para ontem. Para o labirinto de uma galeria de arte — de uma só vez. Uma reunião de pessoas e tempos, ilustrações. Dimensões planas e profundas se mesclando, personagens saindo de uma para outra, mutantes. Você passa um longo tempo montando um quebra-cabeça, no final descobre que estava usando as peças de outro. Não sei se encontrei o que estava procurando. Parece que fui lançada ao princípio. Enquanto te escrevo, o gato da vizinha cruza a varanda, some. Como se fugisse do meu lápis.

A galeria já estava vazia quando a estudante veio falar comigo. Zoe é seu nome. Vai completar vinte anos, me disse. Cabelos muito pretos e compridos, os olhos pretos de doer. Alegre, desinibida. Tive que pedir para ela falar devagar, não conseguia acompanhar o seu inglês. Estudante de artes, com gosto pelo desenho. Pela moda também, ela disse. Não conhecia a galeria, nem Helen, não conhecia ninguém. Tinha visto por acaso um post sobre a exposição na internet. Um texto de divulgação. Mal sabia o que significava "copista". "Vim porque meu pai nasceu em Creta", ela disse.

Uma afinidade direta, natural. Como se fôssemos amigas. Foi o que senti ao conversar com a moça. Ela ficou até todos saírem. Me fez um monte de perguntas, percorremos a exposição juntas. Uma visita guiada, posso dizer. Mas quem me guiava era ela. Como se, levada pelas mãos de uma desconhecida, eu visse aqueles desenhos pela primeira vez. Nas paredes, nos vidros, nos varais que Helen distribuiu pelas salas.

"Na verdade, não conheci meu pai", ela disse, sem que eu tivesse perguntado. Foi criada pela mãe, nunca soube nada do homem que a gerou, a não ser o que a mãe repetia. Que ele tinha desembarcado nos Estados Unidos ainda criança, na década de 1960. Trazido por um casal de imigrantes cretenses — imigrantes tardios. Cresceu em Nova York, trabalhou nos portos — era o que a mãe contava. "Sou filha de uma aventura", ela disse. Um bar noturno, alguns encontros. O cara que a mãe conheceu um dia e desapareceu na semana seguinte — nem chegou a saber que ela tinha engravidado. "É uma figura que vai e vem nos meus devaneios", ela disse. "Talvez tenha retornado à terra natal, talvez esteja morto. De vez em quando sonho com ele", ela disse. "Chega num navio antigo. O navio vem de Creta."

Já havia escurecido. Estávamos diante dos retratos que fiz em Paris, nas ruas. Uma série agora ordenada na parede comprida. A certa altura, sem dizer nada, Zoe se deteve em um dos quadros, começou a observá-lo com atenção. A figura lateral de uma jovem, assentada em uma escadaria, o cenário aberto nos fundos. A jovem tem um caderno apoiado nas pernas, uma caneta na mão. Paris, setembro de 2022, está escrito no cantinho do quadro — minha assinatura bem miúda. "Onde você fez esse retrato?", ela perguntou, sem tirar os olhos do desenho. Foi num fim de tarde chuvoso, na esplanada da Biblioteca Nacional. O último rosto que roubei naquele dia, lembrei. Zoe jogou o cabelo de lado e olhou para baixo, imitando o ângulo do desenho. "Ano passado", ela disse, "passei três meses em Paris. Fui fazer um curso de ilustração. Estava lá em setembro, ia quase todas as tardes à Biblioteca Nacional."

Às vezes a gente encontra o que não busca, descobre que a busca é que estava errada. Enquanto te escrevo, enquanto espero o gato da vizinha atravessar a varanda novamente, imagino que Zoe é uma resposta ao que não procurei. Uma parte truncada da exposição. A peça que faltava, a presença vital à qual posso finalmente me agarrar para abrir uma janela nova nessa história. De ontem para hoje, refiz mentalmente várias vezes a tarde em que saí à caça de rostos anônimos em Paris. Me lembro do metrô, das nuvens se formando. Das torres da Biblioteca Nacional. Me lembro do lápis desgastado, da pressa com que rabisquei o perfil daquela garota de cabelos imensamente pretos, assentada na escadaria, com um caderno na mão. Ela tem o rosto fino, o nariz exato, os cílios longos. Está uns degraus abaixo de mim, na diagonal. As pernas esticadas, o tênis desamarrado. Não se dá conta da minha presença. Bateu um vento forte, a chuva desabou antes que eu pudesse completar o seu rosto.

PS: Sempre quis fazer um postscriptum, que é a forma mais elegante de adiar despedidas. Espero que este te alcance antes do fim.

Um beijo.
Lygia

Créditos das imagens

Todos os esforços foram feitos para reconhecer os direitos autorais das imagens. A editora agradece qualquer informação relativa a autoria, titularidade e/ou outros dados, comprometendo-se a incluí-los em edições futuras.

p. 14: Manuel Philes, *De Animalium Proprietate*, *c.* 1525-75. Burney Ms. 97, f. 41v, Biblioteca Britânica, Londres, Inglaterra.

p. 16: Manuel Philes, *Stichoi peri zōōn idiotētos*, 1565. Ms. Typ 222, f. 16v, Biblioteca Houghton, Universidade Harvard, Cambridge (MA).

p. 17: *Pseudo-Oppien, Xénophon et Manuel Philès*. Departamento de Manuscritos, Grec 2737, Biblioteca Nacional da França, Paris, França.

p. 20: *Polybius*. Departamento de Manuscritos, Grec 1649, Biblioteca Nacional da França, Paris, França.

p. 43: *Face of a Clay Anthropomorphic Vase or Idol*. Caverna Diktaean, *c.* 1350--1300 a.C. Museu Arqueológico de Heraclião; Ministério Helênico da Cultura; Organização Helênica de Desenvolvimento de Recursos Culturais, Cnossos, Grécia. Reprodução por Giannis Patriklanos.

p. 57: *Ivory Acrobat*. Museu de Chania, Cnossos, Grécia.

p. 66: *La Parisienne*. Museu de Heraclião, Cnossos, Grécia.

p. 79: *Lentoid Steatite Sealstone with the Image of an Octopus*, *c.* 1450-1400 a.C. Museu Arqueológico de Heraclião; Ministério Helênico da Cultura; Organização Helênica de Desenvolvimento de Recursos Culturais, Cnossos, Grécia. Reprodução por Giannis Patriklanos.

p. 102: Alberto Traldi, *Piazza San Marco, Venezia*. Milão, Itália.

p. 106: *Palazzo Ducale — Sala dello Scrutinio*. Veneza, Itália.

p. 111: *Pittura murale*. Museu Nacional de Óstia, Roma, Itália.

p. 115: *The Boulbon Altarpiece: The Trinity with a Donor Presented by St. Agricol, Provence School* (detalhe). Reprodução por Bridgeman Images/ Easypix Brasil.

p. 119: Giovanni Boccaccio, *De Mulieribus Claris*, França, séc. xv. Ms. Royal 16 GV, f. 54v, Biblioteca Britânica, Londres, Inglaterra.

p. 124: *Savon l'Abeille*. Editions Clouet, França.

p. 130: *Pseudo-Oppien, Xénophon et Manuel Philès*. Departamento de Manuscritos, Grec 2736; Grec 2737, Biblioteca Nacional da França, Paris, França.

p. 137: Quimera da Catedral de Notre-Dame, Paris, França.

p. 143: Charles, Carmoy, *Diane chasseresse, c.* 1540-60. Museu do Louvre, Paris, França.

p. 148: Andrea Alciato, *Emblematum liber*. Leiden: Officina Plantiniana, 1591. Emblema xviii. Sp Coll S.M. 58, f. C2r, Archives & Special Collections, Universidade de Glasgow, Escócia.

p. 152: *Livre que fist Jehan BOCACE de Certalde des cleres et nobles femmes, lequel il envoia à Audice de Accioroles de Florence, contesse de Haulteville*. Departamento de Manuscritos, Ms. Français 12420, Biblioteca Nacional da França, Paris, França.

p. 157: *Pseudo-Oppien, Xénophon et Manuel Philès*. Departamento de Manuscritos, Grec 2737, Biblioteca Nacional da França, Paris, França.

p. 161: Afresco de *La Danse macabre* (terceiro painel). Igreja da Abadia de La Chaise-Dieu, França.

p. 165: Gian Lorenzo Bernini, *Fontana delle Api*, praça Barberini, Roma. Reprodução por Fratelli Alinari, 1933.

p. 169: The Bill Cunningham Foundation LCC.

p. 176: DR.

p. 180: Acervo do autor.

p. 184: Visconti Sforza, *Tarocchi d'Oro*. Milão, Itália.